BUND PARK

外滩公园

裘小龙虚构批评随笔集

裘小龙 著

四川文艺出版社

图书在版编目（CIP）数据

外滩公园：裘小龙虚构批评随笔集/裘小龙著.
—成都：四川文艺出版社，2019.3
ISBN 978-7-5411-5324-2

Ⅰ.①外… Ⅱ.①裘… Ⅲ.①随笔—作品集—中
国—当代 Ⅳ.①I267.1

中国版本图书馆 CIP 数据核字（2019）第 021705 号

WAITAN GONGYUAN：QIUXIAOLONG XUGOU PIPING SUIBIJI

外滩公园：裘小龙虚构批评随笔集

裘小龙　著

策　　划	刘芳念
责任编辑	苟婉莹　刘芳念
封面设计	叶　茂
内文设计	史小燕
责任校对	蓝　海
责任印制	唐　茵

出版发行　四川文艺出版社（成都市槐树街2号）
网　　址　www.scwys.com
电　　话　028-86259287（发行部）　　028-86259303（编辑部）
传　　真　028-86259306

邮购地址　成都市槐树街2号四川文艺出版社邮购部　610031
排　　版　四川胜翔数码印务设计有限公司
印　　刷　成都勤德印务有限公司
成品尺寸　146 mm×210 mm　　开　本　32开
印　　张　6.5　　　　　　　字　数　160千
版　　次　2019年3月第一版　印　次　2019年3月第一次印刷
书　　号　ISBN 978-7-5411-5324-2
定　　价　39.80元

目录

1

自序

在这本集子中收入的文章，基本上都是我从二十世纪九十年代中期起，在美国开始用英文进行小说创作后，用中文写成的；也有一部分是先用英文写的，后来又改译或改写成了中文。

也许多少具有讽刺意义的是，我在美国圣路易华盛顿大学读比较文学博士课程的日子里，接受的是学院派的训练，后来却因为种种因素，没有沿着写学术论文这条路走下去，转而开始了用英文进行文学创作。回想起来，或能追溯到卞之琳先生在许多年前对我的影响。于我而言，他首先是诗人，然后才是学者和翻译家；七十年代末八十年代初，我在中国社科院研究生院跟他读英美文学硕士研究生时，每星期在他东四干面胡同的家里，谈得更多的往往是怎样写诗及小说，也正是在他的鼓励下，我开始了中文创作。

但也许更有讽刺意义的是，当我后来用英文写起了陈探长系列小说时，我却又开始时不时地用中文写些不那么学院派的文章。一方面是我在主观愿望上，不想就此扔掉了自己的中文，而在不同的语言背景中交替写作中，两种文字的感性也会产生些有意义的互补和融合；一方面是在一本接一本小说的写作中，与学院派的风格固然是渐行渐远，自己也确实没有足够的精力再去写长篇的、正儿八经的学术论文；还有一方面，则是受到了原先未曾想到的一些影响。

首先应该说虚构批评（Fictocriticism）的影响，二〇一〇年左右，我去澳大利亚新南威尔士大学任短期客座教授，与大学英语学院的史迪芬·缪克（Stephen Muecke）教授进行了一段时间的学术交流活动。他是虚构批评的一个领军人物。作为一个后现代的新批评潮流，把故事、批评、理论的写作融为一体，虚构批评这些年尤其在加拿大和澳大利亚有了长足发展。史迪芬·缪克送了我一本他自己的短篇集子《在安特曼群岛中的乔》（*Joe in the Andamans*），在接下来的几天中，我有不少时间都是趴在悉尼的海滩上读这本书。Fictocriticism 是一个合成词，从词前半部 Ficto 的组成看，有虚构（写作）的意思，后半部 criticism 则指的是批评理论。在我们后来的探讨中，史迪芬·缪克给我发过一个电子邮件，为虚构批评作了一个特别简明扼要的定义，"在讲一个故事的同时，展开一个论点"（telling a story and making an argument at the same time）。

确实，他的批评专著读起来感觉就是不一样，举重若轻，叙事生动，充满了栩栩如生的细节，就像作者坐在你前面，絮絮而讲日常生活中的故事。书名中的乔是他的儿子，父子有一次同去安特曼群岛，他们在旅途中的一幕幕现实场景轻巧、幽默地印证了作者所要证明的论点，好几次都让我忍俊不禁，但又发人深思。说到底，现代或后现代的理论批评放到了日常叙事中，自然而然地加以阐发、论述，读的时候就很不同于那些抽象、枯燥、艰涩的理论著作，处处堆砌着生造而佶屈聱牙的词汇，好不容易读完了却还似在云里雾里。

史迪芬·缪克的虚构批评我之所以读得津津有味，自然也有可能是与我自己这几年侧重（虚构）小说写作有关，觉得他那种讲故事一般的文学理论批评更读得下去，至少是在自己身上引起更多的反响和共鸣。

我于是尝试着把自己的一些批评文章也放在日常生活场景的叙述中展开，仿佛像在讲一个个故事。这些文章也许既不是严格意义上的学术批评，也不算泛泛而写的散文或"美文"，一般还都有自己要想阐明的或很难在学院派文章中阐明的观点在内。在中国的传统批评中，有我注六经与六经注我的不同写法，这两者其实也可以互补，没有必要一定去划分得那么清楚，虚构与批评也一样。

不过，这本集子中的文章也不能说是严格意义上的虚构。这是因为在中国发生的事，写在中国发生的事，常常让我想到《红楼梦》中的两行诗，"假作真时真亦假，无为有处有还无"。在我们日常现实中发生的事似乎更多虚幻或虚构的感觉，而且还常是在一些意想不到的时间和地点。真假有无之间，充满了中国特色的荒谬，真真假假、匪夷所思。在今天的中国，真实与虚构的界线正变得越来越模糊。因此在这些文章中写到的人与事或所谓的故事，基本上都是真实的，只是我多少用了写虚构作品的笔法在写。

无须赘言，集子中并非每一篇文章都是刻意作为"虚构批评"来写的，读者也没必要一定要这样来读。从文类上说，关于其中一些文章的安排，自己有着故意的混杂在内。这里不妨再引用史迪芬·缪克在他那本批评集子的"引言"中说过的一段话："虚构批评自然是个很大的范畴，也只能如此——如果说它的写作灵感是来自身边的事物或情景。人们不妨对感兴趣的作家强调说，别觉得他们的写作一定必须要符合另外一个模式的规范，而是要有信心，他们面对的情形中所特有的问题，会出乎意料地使他们改变写作方法。"

这里还应该提到几位朋友这许多年来对我的鼓励和帮助。尤其是陆灏先生，他是一而再再而三地督促、鞭策我继续用中文写些东西，有时他甚至什么都不说，就从国内发个电子邮件过来，告诉我一些他认为有意思、值得写的人或事或题目。从《文汇报》《文汇读书周刊》《万象》到《上海书评》，他是一路披荆斩棘地编下来，我也只能一路举步维艰地跟下来，很多篇还真都是这样写成的。尤其是金宇澄先生，记得在巴黎离奥蒂翁剧院不远的一家餐厅里，他举着一杯红酒，神情特别严肃认真地对我说，希望我能为更多的中文读者也写些故事（或许只是巧合，他常把这些文章说成是"故事"），回去后还特地发了个电子邮件，把餐桌上的话又重复了一遍。还有一位，杨之水先生，那还是我在八十年代末出国之前，她作为《读书》杂志的编辑（她当时与我通信的名字是赵丽雅），编我的稿子，决定要用了后，却又给我写了一封信，说她看我的诗写得激情洋溢，看我的文章却写得十分拘谨、放不开。这是我始终没忘的一番批评，不知道过了这许多年，现在这些写得像讲故事一样的文章，是否或多或少放开了一些。自然，还有四川文艺出版社的刘芳念先生，是她建议我把这些稿子编起来，考虑结集出版。

在这本集子里的文章，基本上是按写成的时间排列的，但因为有些后来有较大的修改，也因为有些是从英文改译成中文，时间的顺序也很难说就一定是那么分明的。

这些文章终于放在一起了，自己再看一遍，好像也聊备一格，或许可以名之为"中国虚构批评"吧。

转折点

据说，保尔·瓦莱里曾试图接近一位无法接近的已婚妇人，在他绝望的努力中，诗人却来到了自己诗创作的一个转折点。有不少文学批评家不同意这个假设。我对此也持保留态度，至少在一篇论文中。

多年前的一个冬日傍晚，我在出差途中来到了山东泰安。这可是一个去爬泰山的难得机会。在泰山顶上看日出，是中国古典诗词中一再歌之颂之的主题。当天夜里，我就开始登山。半路上，我遇到四五个老妇人，准有七八十岁了，在陡峭的山径上，拖着她们曾裹过的小脚艰难地前行。她们头围白毛巾，身穿黑土布衣服，看上去仿佛比夜色中的乌鸦更黑。我与她们互打招呼，听口音她们是当地人，我对她们有些感动得惊讶了——年纪这么大了，走路这么困难，还在这么漆黑的深夜攀登。她们告诉我，她们不是去看日出，而是去山顶上早香——香越早，心越诚，所以只能半夜爬山。泰山上有什么著名的佛寺或道观，我没听说过，她们也没直接回答我的问题。山上有一个叫泰山老奶奶的神祇，她们倒是异口同声地坚称。泰山老奶奶在哪里？说不清楚，但就在山上。属于道家还是佛家？这问题实在无关紧要。不管怎么说，泰山老奶奶神通广大。今年意外的好收成；家里又添了个孙子，尽管有政府的独生子女政策；新配一副假牙，还咬得动隔夜的冷馒头……所有这一切，都是托泰山老奶奶的福。

我听着，但找不到什么可说的，夜鸟聒噪地从我们头上掠过，我加大步子，没多久就把她们远远落下了。

　　终于来到山顶招待所时，已过了午夜。可能因为山上的潮气，招待所里大通铺的床垫子都湿漉漉的，睡上去很不舒服。不过，想到那些进早香的老妇人，此刻还在崎岖的山路上一步步"爬行"，心里多少也释然了。我其实没有什么好抱怨的。很快，睡意征服了我。

　　第二天醒来是阴天。泰山看日出不可能了，我失望地在玉皇顶附近兜了小半圈，试着稍稍安慰自己一下。或许，在这里看日出与在其他地方看，没有太大的区别，也不见得一定有什么特别的意义。只是这么多诗人写了，自己也就信了。

　　快下山时，却意外地看到那些老妇人跪在一个小山洞的洞口，我不禁俯身也向山洞中探头望进去。我端详了好一会儿，才在山洞内壁上依稀辨认出一些似乎是画着的粗线条，好像勾勒出一个老奶奶的样子。山洞其实挺浅的，这些线条也很可能是风雨留下的痕迹。我在后面站了七八分钟，但她们跪在那里不停向泰山老奶奶磕头，压根儿没注意到我。

　　此刻，我的小外甥，仿佛是从电视机中一大步跨出，变成了威风凛凛的黑猫警长，在死寂的广场中发疯。他斜戴帽子向我冲来，手中的玩具冲锋枪开始胡乱扫射。我被一路逼到书架前，再无退路，只能举起手投降。

外滩公园

　　我的陈探长系列小说中有好几本写到了外滩公园,尤其是第二本《忠字舞者》,小说的开始和高潮部分都放在这个令人留恋的公园里。其实,我在八十年代写的一篇中文短篇小说《同一条河流》,也提到了外滩公园。

　　妻子在看了《忠字舞者》后,若有所思地说:"你至今还没有走出外滩公园。"

　　今年三月我在法国接受一家电台采访,提及小说中种种关于上海细节的描写,突然又想起了普鲁斯特。《追忆似水年华》如此灿烂,正是因为普鲁斯特在不懈的回忆中,将重新捕捉到的过去时刻——尽管原来或许平凡、或许暗淡——提升到一个赋予了全新理解、并充满感性激情的高度。就这点而言,乔伊斯同样突出,他身居异乡,一辈子都在写他当时回忆中的都柏林。

　　所以,我回忆中的外滩公园是七十年代初的。

　　那是在一九七一年,我是六九届的"病休青年"或"待业青年"——全称应为"因病在家休养等待分配的知识青年"。在史无前例的知识青年上山下乡运动中,上海六八届以后的中学毕业生陷入了"一片红"海洋,即全部都必须要响应号召、戴着红花、唱着红歌、跳着红舞去农村插队落户,接受贫下中农再教育。只有一些能成功找出、并证明身体上有这种或那种疾病的应届毕业生,才得以漏网而留在城市中"病休"。从当时的政策规定来说,"病休青年"病养好了,还是要去农村的,不可能永久留在城里,因此不时需要到医院复查是否已经康复，再由知青办公室决定分配去向。"等待分配"是一场充满波折、前途难测的持久战，像等在一条看不到尽头的黑漆漆隧道中，很可能要十年八年地耗下去。

怎么办？我与几个朋友商量，一时心血来潮，决定要结伴去外滩公园学太极拳。公园五人行中，钱君与万君是与我"同病相怜"的病休青年，萍女士从六十年代中期就开始待业，当时刚离异，早晨去公园只是想散散心，俞君是唯一有份全民工矿工作的幸运儿，他的工厂就在九江路靠近外滩的转角上，离公园近，打完拳正好去上班。

于是，我们一清早就出门去公园，"也可以算是闻鸡起舞吧"，我开玩笑说。那个灰蒙蒙的早晨，我们经过的一条僻静的小街上还真能听到鸡叫。（"文革"的年月里，上海市场上的鸡蛋都要凭票供应，尽管里弄居委会干部一再上门动员杀鸡，市中心养鸡的人家也不在少数。）

那些日子的外滩公园显得空荡荡的。除了公园最初落成时修建的几个亭子和一条蔓着常春藤的长廊外，其余就是绿色的长凳了。凭栏眺望暗黄的江水，倒是一片开阔。近公园后门处有一栋简陋的两层建筑，好像是办公室，门口的海报有时也会告诉公园的游客，里面在办什么阶级斗争展览会，但我们从未进去参观过。还留给人印象的是无处不在的高音喇叭，挂在电线杆上，悬在树丛中，一大清早先向粮地播一遍广播体操音乐，然后就是一遍又接着一遍的新闻联播。除了打太极拳的人，公园的早晨几乎看不到什么其他活动。打太极拳的人大多数是已退休下来的，倒是有好几个班，都属于自发组织起来的，授课的老师不收费，也很热情，只是对我们这些中途加塞者来说，学起来多少有些困难。我起初还坚持着练，但进步甚小，没多久，就因为一个意外，放弃太极拳而改学英语了。

对此，小说《忠字舞者》的开始部分有这样一段描写：

外滩公园充满了魅力，更因为种种历史的联想让人神往。早在小学年代，陈超就读到了关于公园的传说。当时的教科书里做了这样一段描述：在二十世纪初，外滩公园只对洋人开放。红头阿三凶神恶煞似的守着公园大门，门口竖一块牌子：华人与狗不得入内。一九四九年后，政府认为这是一个进行爱国主义教育的好题目，于是编写进了中小学课本。但这究竟是历史还是虚构，他许多年后反而搞糊涂了。他曾在上海图书馆查找了一个下午的资料，仍不得其解。按照新历史主义的说法，其实只有很细的一条线在间隔历史的真实与虚构，彼此不断让权力的解释混淆起来。

他沿着台阶走到江边，晨雾仿佛用过去岁月的指尖轻抚着他的脸庞。白鸥掠过水面，亮晶晶的翅膀在灰色的晨曦中闪烁，像从一个已忘却了的梦中飞起。黄浦江与苏州河的分界线在他的凝视中渐渐清晰。

对于陈超来说，这个公园的吸引力，更多是来自一个个人原因。

在七十年代初，作为一个病休待配青年，不上学，也不工作，他曾来到公园练太极拳。他没有像他朋友所预期的那样，成为一名武术大师。他只是心不在焉地练了两三个月后，在一个雾蒙蒙的早晨，意外地在公园的一条长凳上发现了一本旧英语课本。这本书怎么会到这里来的，他始终也没琢磨出来。公园的长凳常沾有湿漉漉的露水，游客有时会用旧报纸铺在坐的地方，但是从来没有用书的。在随后的一个星期里，他一直随身带着这本书，希望有人来把书领回去。没有人来。几天后的一个早晨，他怎么都练不好一个太极拳姿势，感到沮丧，就随手翻开了这本书。从此，也翻开了他病休生涯中的新一页，在接下来的日子里，几乎每个公园早晨都看到他在那里学英文，在那棵柳树下，手捧课本，柳枝在头上飘拂，似乎想系住未来的信息……

多少年后回顾起来，生活真是充满了阴错阳差，如那本神秘的被遗忘在长凳上的英语课本，如当年偶然捡起又翻开这本书的青年。一件事引出另一件，然后再是一件，在一长串复杂的因果关系中，最终的结果已经很难辨认出最终的起因。这也许比他正在翻译的西方侦探小说所愿意承认的更复杂。

一支轻盈的乐曲从海关大楼顶上传过来，在四月的凉风中漾过。六点三十分。在"文化大革命"中，那是另外一支曲子。

自然，小说中的内容与生活中的内容不能画等号，我对手中还捧着《忠字舞者》的妻子说。这其中的似是而非或许是既搞创作又搞批评的人更能体会的。艾略特写《荒原》，其中肯定有来自他个人生活中的材料，如第二章中那个无聊而又神经质的女人的独白，据考证就是他第一个妻子维芬的原话。然而，谁又能这样来读《荒原》呢？这与曹雪芹不能替代红学是一样的道理。

也许我们可以说，艾略特的非个人化文学理论，即将生活感受的人与艺术创作的人完全分开的理论，多少有着矫饰的成分。不过，一个作者在写作时，纵然是彻底沉浸在回忆中写作时，却也可以在难以尽数的意识、潜意识因素的影响下，对原始生活素材加工、变形、扭曲、删改……

所以，这只是小说，我对妻子总结说，因此，这只是虚构。最后，我还不得不来尝试一番"自我解构"，向她交代当年自己"非虚构"生活中的几个真实外滩公园场景，这有点像成龙功夫电影那种"画蛇添足"的片尾，加上两三个拍片过程中的镜头——让观众看到功夫明星怎样在拍摄所谓身手非凡的绝技时，却摔得鼻青脸肿。

在《忠字舞者》这本以外滩公园为背景的小说中，有一些素材多少是因小说布局的需要而做了改动，我告诉妻子，特别是从打太极拳到学英语的那个意外的转折点。

当时公园中的那条长凳上，其实并无一本如此神秘的英文课本，但我确实看到了两个在那里学英文版毛主席语录的女孩子。看上去大约也是病休青年，不是每一天都来，但来的那些日子，她们经常会捧着书一直学到十点多钟。接着，我又看到一个身材魁梧的老者，天马行空似的在那里独练一套杨式简化太极拳。练完拳，他有时会径自走过去，坐到那两个女孩子坐的长凳上，开始指导她们学英文。我突然受到了震动。说到底，学太极拳并不能解答未来"怎么办"的问题，学英语却或许能。就在这个公园里，两个境况看上去与我相似的女孩子正在这么做。

于是我匆匆赶回家，掘出一本四十年代的《纳氏英文文法》；第二天，在离她们不远的角落里，找了另一条长凳，也一本正经似的学起了英语。

也许我转变得太快，一起去公园学太极拳的俞君闹了误会。他以为我这样做一定是别有动机，其实想去"接近"那两个女孩子，却又表现得书生气十足，太迂回曲折了。他都没跟我打招呼，直接代表我，自报山门，去跟她们套近乎，没想到却碰了一鼻子灰，连她们的名字都没问到。恼羞成怒之余，他索性给她们各自取了外号，一名"冷若"，一名"冰霜"。当然，这两个外号只是在我们自己的圈子里这样叫。

好在那位身材魁梧的老者也注意到我了。他姓任，是个退休的中学校长。任先生可谓古道热肠，有教无类。他倒并不是一课一课地教学生，而是当我在英语学习中遇到一些问题，自己怎么都答不上来时，才坐下来给我做些解释。稍后，我的长凳上还加入了两个来自虹口区的病休青年，人力和启宇。我们三人组成了一个在任先生指导下的学习小组。

只是不知什么原因，"冷若""冰霜"却突然再也不来公园了。

还有一些素材是因为没预见到的原因而未能写进书里。如离外滩公园不远的中央商场沙市小吃摊。在我的记忆中，公园的早晨常常是与它连在一起的。去外滩公园，我一般走福州路上四川路，再穿过沙市小吃摊到南京路外滩。对我在那里的晨读，我父母应该说是相当支持的，每天都还给我一角钱的早餐金。沙市小吃摊花色虽少，却定位在为劳动人民服务的低价上。我通常买七分钱一副的大饼油条，偶尔改善一下，会要上二两生煎馒头，也就一角二分，或者一角钱一碗的清咖喱牛肉汤面。没有牛肉，牛肉得另加一角五分，这在病休待配的日子里是不能承受的奢侈，但胡椒和葱花可以免费添加，吃得一头大汗直奔外滩公园。尤其在冬天，这碗面的热量能让人在长凳上多坐一个小时……

这一切记忆犹新，我想很可能得归功于几次失败的努力——为了省下早餐钱去买书的努力。尼克松总统访华后，福州路外文书店的旧书部开始有所松动，时不时会有"文革"前出版的语言工具书悄悄拿出来。徐燕谋的第七、第八册大学英语教材，都是我那时意外的收获。只是有一次，外文书店的营业员老林从柜台下为我取出好不容易留着的一本Hornby的语法专著，我却阮囊羞涩，不得不舍弃了。那以后，我曾好几次试着过沙市小吃摊而不入，但始终都未能坚持下去。

这些沙市小吃摊的诱惑原已写进了小说的初稿，但在巴黎，听一位批评家切着意大利的羊奶酪说他十分喜欢我的书，是因为其中描写的中国街头美食。这也许是真诚的法国恭维，可我决定把这一段删了。

还有一些素材应该算是后话吧——尽管恰恰是妻子想要知道的——不属于这本小说的范畴。

一九七七年，在"文革"结束后恢复的第一次高考中，任先生在外滩公园的三个学生都考上了大学，第二年我又考入了中国社科院的研究生院。一九七九年，任先生因病去世，人力、启宇与我结伴到他家里，在他的遗像前焚香告知我们的学习成绩，算是略表"家祭无忘告乃翁"的意思。

人力和启宇，不久后就分别出国留学来了美国。这世界也确实小，我们这三个从外滩公园走出来的学生，来到美国后，有一阵子居然住在同一个州。偶尔有机会聚上一聚，说起当年外滩公园的情景，真恍如隔世。各人机缘使然，他们现在都成了资深电脑工程师，步入了金领阶层。

我当初一起去外滩公园的朋友也早已星散。俞君几年后下海了，或许是钱赚得越来越多而联系越来越少，只听到他那些听不懂的新项目；万君多才多艺，他与女友当初合奏的《世世代代铭记毛主席的恩情》，曾如此让我惊艳，在十多年后的上海KTV包厢里，仍是我固执的保留曲目，他一度做过驻外使馆官员，现在改在上海做服装进出口生意，一身法国名牌，令人刮目相看；钱君应是我们中唯一可以说是学到了太极精神的一个，去外滩公园学拳后不久，就作为"特困"分配到一家酒坊工作，至今仍心平气和、一勺一勺地舀着他的日子，像摆出一个一个的太极姿势；阿萍不久就嫁到香港去了，说自己就是浮萍，后来据说在九龙成了一家麻将店的老板娘。

至于"冷若""冰霜"，再没有任何消息。我后来在一篇短篇小说里，把这两个女孩子合二为一，试图为她后来不再出现在外滩公园找到一个理由，但那纯属虚构。

此外，还有多少是作者因种种不能说的原因而未放入作品的素材呢？所有这些就继续尘封在记忆中了。

回忆不需要这样折腾，妻子不以为然地说。她尤其对那篇短篇小说感冒，就像外滩公园中的俞君。

但说到底了，回忆就一定这样靠得住吗？换句话说，记忆本身也会经历虚构化（fictionalization）。弗洛伊德在探讨"口误"与无意识的关系时就涉及了这一点。石黑一雄（Kazuo Ishiguro）的作品《当我们是孤儿时》（*When We Were Orphans*）恰恰是在小说的回忆叙述中微妙地呈现了回忆的不可靠性。最近还看了一部据说是探索性的侦探电影《势头》（*Momentum*），影片中的主人公的记忆出了毛病，把过去所有的事都记成他所愿意记忆的样子，结果搞得案情更扑朔迷离，因为整个电影的叙事角度其实就是主人公的回忆。

普鲁斯特说，只有回忆，人才算真正活过。李商隐说，此情可待成追忆，只是当时已惘然，这似乎更悲观地彻悟一些。

这些年屡有回上海的机会，但行色匆匆，偶尔能去一次外滩公园也像走马看花，未能找到记忆中的感觉。于是去年携带妻女回国半个月，就选择住和平饭店，出饭店门穿马路就可以走到外滩公园，算是来体验一回前度刘郎的感觉，也打算要让回忆确认一番。

只是，外滩公园已不是记忆中的外滩公园了。一进门，江堤上一路小售货亭更大售货亭，堆满了廉价工艺品和推销的笑容，把凭栏望江的空间挤去了一大截。原来的公园办公室前挂起了一家饭店的招牌，好像还供应咖啡、下午茶。公园上空的高音喇叭还在，但肯定不是原来的那些了，正在播放最新的流行歌曲。那片练太极拳的场地上依然有人在一招一式练，也有两三拨老人在那里跳交际舞，跟着他们自己带来的录音机中的曲子手舞足蹈。没人在学英语。"英语角"据说在另一个公园。

至于公园中新建的上海人民英雄纪念碑，政治上绝对正确，但可能因为自己先入为主的印象，总觉得竖在公园里的效果就像英国玄学派诗歌中的"硬凑"。不过那天还有一个让我说了次英文的场合。在一个售货亭前，我挑了一盒空心玻璃葫芦小挂件，一个还不到半块美金，让售货员用画鼻烟壶的内画笔在葫芦内写上英文名字，带回去让美国邻居的孩子瞪眼。

其至连中央商场后面的沙市小吃摊也变了。妻子和女儿还在和平饭店里熟睡的时候，我一个人溜了过去。棚户似的小摊变成了颇为齐整的小吃店，窗明几净。清咖喱牛肉汤面没有了，只有咖喱牛肉面。生煎馒头还在，黑面换了白面，上面撒的葱花绿得可爱。只是在等馒头出锅的时候，听说小吃摊和中央商场也都快拆了，变成什么，谁都不知道。我捧了一口袋生煎馒头回来，女儿挺欣赏。

接下来我还真带她去了中央商场，她一进去，就只顾得上在冒牌 Hello Kitty 手表摊前转悠，一口气买了五六个。美国生的孩子把世界都当成她想当然的小玩意儿。我没找到自己过去的影子。

其实，我何尝又是过去的我呢？

赫拉克里特说，人不能两次踏进同一条河流。河水长流，瞬息已非原水。人也一样，时时刻刻都在变。

不过，故地重游也并非一无所获。那天下午，我一人又去了外滩公园，在望江亭畔想了很多，想到生活中种种不可思议的阴错阳差，也想到了"冷若""冰霜"。我已经无法真正回想起她们的模样了，只记得一个印象：晨曦中，红彤彤的书本辉映着她们青春焕发的脸。那些日子里，我其实只是想用英语对她们说一声早安，至今仍不明白为什么她们突然从公园中消失了。也许我的英语学习进步较快，任先生辅导我的时间多了起来；也许她们受到俞君的影响，也认为我别有用心，因此退避三舍。要真是这样，如果我当时不来外滩公园，她们是否就会一直学下去呢？于是，阴差阳错的荒谬也成了这本小说的一个副主题，只是放进了一个较大的反英雄故事里。

那本来可能发生的一切就像镜中的花、水中的月，如此栩栩如生，陈超探长几乎可以用手摸到，但毕竟不是真的。

八八年离国前，文江兄送了我一本很精致的《金刚经》，这些年搬了好几次家，书还留在书架上。《金刚经》云无相。我缺乏文江兄的悟性，因此只能是忙忙碌碌地从一个相移到另一个相，在芸芸众生相之间写着自以为还是真的的一些东西，一些值得一写的欢乐和痛苦。

稍感遗憾的是，我最初为这本小说取的名字"外滩公园"（Bund Park），被美国出版社的编辑否决了。她否决的理由很简单，英文中 Bund 一词不能带来任何具有异国情调的联想，一般读者可能都不知道这个词到底是什么意思，因此很难为这本书进行宣传促销。最后，她建议把名字改成"忠字舞者"，我终于点头同意了。小说中确有这样一位舞者，也属于同一个年代的记忆。

在那些日子去外滩公园的路上，我曾见到过一个年轻美丽的红卫兵在灿烂的朝霞中跳忠字舞，就在临江对着南京路的那片小广场空地上。

在小说中，我加了这样一小节诗：

> 挥舞着一颗红心剪纸，/剪纸图案中是男孩与女孩/捧着一个忠字。/"文化大革命"的春风/吹过她的手指间，/她的长发飘逸，在太阳的/黑眼睛里。一个跳跃，/她的裙子开成了/一朵红彤彤的花……

卢华侨

叙述学里有个专门术语，"不可靠的叙述者"，这样说是因为叙述这一行为，一旦涉及叙述者自己的因素或角度，就可能有所偏颇。拿我自己来说，在全球化时代写书，其实要考虑到市场、销售、宣传等各种因素，尤其要考虑到我世界各地读者的反应。

但是，今晚我要告诉你们的不一样。在"红尘坊"前，我压根儿不用担心一个作家平时所要担心的事。在这弄堂口，我与你们一样，只是个普普通通的乘凉人，没什么其他更有意思的事好做，就随便来讲个自己的故事。如果你喜欢，我自然会很高兴，但你要不感兴趣，什么时候都可以走，没关系。

回想起来，这是在我潜意识里纠缠了好多年的故事，从头到尾讲出来，或许对自己也会有些帮助，就像人们去心理分析诊所。

这故事讲的是卢，我一个绰号叫"华侨"的朋友。卢原先住在延安路近盛泽路的拐角上，与他父母亲一起挤在小阁楼里，离这里只有几分钟路，但他有时也去山东路靠近宁海路的宝康里，那是他姐姐家，也很近。

一九六六年，我的中学时代与"文革"同一年开始。我父亲的阶级成分是资本家，因而得接受革命大批判，脖子上还要挂一块"牛鬼蛇神"的黑板。黑色的阴影笼罩了整个家庭。在"老子英雄儿好汉"的滚滚浪涛中，我喘不过气来，几乎都快被淹没了。

满怀着自卑情结，我低着头进了跃进中学。那些日子里，我们盛泽居委中的同届年轻人都去同一个中学，卢成了我同学，很快还成了朋友。

这也许是很自然的事。一九四九年前，我父亲开香精厂，他父亲经营皮货店；一九六六年的夏天，在红卫兵的抄四旧运动中，他家与我家都给"抄家"了。作为"黑崽子"，我们都在学校里受到歧视、欺负。说到底，一丘之貉吧。

我打算夹起尾巴老老实实做人，卢却截然不同，依旧把头抬得高高的，头发上还涂满亮闪闪的发油。人们叫他"黑崽子"，他却挑战似的"翘尾巴"。他逢人都公开说，他来自"好人家"，不无骄傲地称他父亲——外国名字"路德威奇"——当年是上海滩的"白狐狸皮大王"。我可是做梦都不敢去对人吹嘘，说我父亲是沪上"第一鼻子"，虽然这外号在一九四九年前好像还真流传过，据我母亲说，父亲鉴别香精成分的嗅觉能力特别出众。更有甚者，卢居然还刻意培养"腐朽的资产阶级趣味"，在家里煮咖啡，拌水果沙拉，上学时穿一件用他父亲旧西装改的夹克衫，更特地说明，这料子来自意大利。

他因此获得了他的"华侨"绰号。那些日子里，"华侨"无疑是个负能量词，通常用来说一个人不爱国，为了钱和享受居留国外，因此与西方世界的腐朽、奢侈的资产阶级生活方式联系到了一起。

在学校里，还有一件意外的事使他的绰号广为流传。我们那时在课堂里的课本是《毛主席语录》，其他书都属于政治不正确。当时人民日报上有一篇报道，说著名作家郭沫若宣布他在"文革"前写的书都是毒草，必须销毁。难以计数的书在大庭广众中烧了，图书馆全都关门，书店里只见得到毛主席的书。不过，像我们这样的年轻人，仍难免对"毒草"感兴趣，还想方设法地找来偷偷读，有时甚至套着《毛泽东选集》的红封套读。

中学的第二年，我从我表哥那里搞到一本狄更斯的《艰难时世》。我通宵读完了，转借给卢，条件是他必须在一天之内读完还我。为此他那天逃学了。学校工宣队的张师傅晚上意外地家访，看到卢正在打开的小说旁瞌睡。卢看来难逃一劫，只能认罪，老实交代他怎样得到了这本书。

但卢表现出他确实与众不同的地方，把书翻到译者前言的部分，滔滔不绝地临场发挥了一通：

"哦，我今天下午碰巧在废品回收站看到这本书。我好奇地翻开译者前言，读到马克思的一段话，说包括狄更斯在内的'现代英国的一派出色的小说家，以他们那明白晓畅和令人感动的描写，向世界揭示了政治和社会的真理，比起政治家、政论家和道德家合起来所作的还多'。所以我想我也应该学习。"

对五六十年代国内出版的翻译作品来说，"译者前言"绝对是一种政治必须，一般的公式是：作品技巧分析和意识形态批判，再加上几段或多或少有关的马克思、恩格斯、列宁语录，作为对这些书在中国翻译出版的政治合理性背书。张师傅把卢手指的马克思语录读了两三遍，什么话都说不上来。

"废品回收站还有好几本呢，"卢往下说，"要是你现在赶过去，说不定还找得到。"

这也许是真的，但谁也无法保证现在还有书留在那里。

"但这本小说不是让你读的。你这无可救药的华侨！"张师傅肯定也听说过卢的绰号。

那天晚上，《艰难时世》被没收了，但卢没受到其他处罚。

那也救了我。我对卢表达感激之意，他丝毫没有居功的样子。

"要是我对张师傅说了实话，这给大伙儿都会带来灾难。延安中学的一个学生碰到相同的情况只会哭，结果因'非法地下交流禁书'罪被关了好几天，连他家里人都要跟着写检讨。"

在学校里，除了红封面的《毛主席语录》外，我们还经常要学毛主席的"最新最高指示"——在"文革"中，毛主席时不时会就当前的形势和任务说几句话，发表在报刊上，通称"最新最高指示"，全国人民都要庆祝、学习、执行。在《艰难时世》事件后不久，毛主席在全国发动了上山下乡运动，在他的"最新最高指示"中说："知识青年到农村去，接受贫下中农再教育，很有必要。"于是一批批知识青年初中或高中毕业，离开城市去农村接受再教育。人们在大街上敲锣打鼓，庆祝这具有深刻历史意义的运动。我们当时距初中毕业还有一年时间，不上课，也走上街头，高呼口号欢送那些戴大红花的汽车里的知识青年，或拥入上海北火车站，向渐渐驶离的列车致敬，听汽笛划过在欢呼声中抖动的天际……

卢又一次做出与众不同的解读，把一片小石子踢回铁道路基："知识青年？开什么国际玩笑！在学校里我们什么都没学。贫下中农又能给什么再教育？"

像这样的解读，如果给人汇报上去，肯定会让卢遇到麻烦。毛主席的"最新最高指示"绝对正确，绝对无可置疑，但卢不担心我。

又一个这样的下午，我们目送着一车知识青年驶向渐渐暗淡的地平线，沉默了。很快，我们自己也要像他们那样离开上海。卢拖着脚步与我一起走出空寂下来的车站，咕哝着说了一声：

"走，我们去吃一些吧。"

"你说什么？"

"上海这许多好吃的东西，我们还能吃多久？"

他什么都不用多说了。在那些贫穷、落后的村庄里，知识青年甚至每天都吃不饱。卢的哥哥同庆一年多前去了安徽农村，按他的说法，他在公社的田里辛辛苦苦干活，一年到头算下来只分到一堆红薯干。卢要把握住所剩的时间，尽可能地享受这城市中的美好生活。

我点点头，想起曹操的两行诗："对酒当歌，人生几何？"这其实是在革命现代样板戏《红灯记》里，从一个日本鬼子的口中我第一次听到的。样板戏《红灯记》是为了革命历史教育，学校组织我们去看的。

不过，我们口袋中的钱其实少得可怜，大多数时间只是在些老字号餐馆的橱窗外转圈、想象、犹豫，好不容易才能下定决心踏进家便宜的小店。更常常又，卢是在对我这唯一的听众开讲他的卢氏讲座，怎样在旧日好时光的记忆中欣赏真正的上海美食。他不辞辛苦地挖掘出那些餐馆原先的名字。一家在南京路上的面包房在"文革"中叫"工农兵"，意思或许是面包房也首先要为劳动人民服务。但在卢看来，这样一个名字丝毫都不能增加店中食品的美好联想。于是他大谈特谈这面包房在"文革"前的德国名字，"凯司令"，仿佛这样一来就在口味上带来本质上的不同。

"名字至关重要。孔子说：'名不正则言不顺。'"卢十分强调地说，"毛主席也说：'才饮长江水，又食武昌鱼。'武昌鱼的味道就是要嫩得多。"

关于武昌鱼的学问，来自我们课本中的一首毛主席诗。卢居然能把它发挥、运用到了这一场合，我佩服得目瞪口呆。他的绰号确实有道理。

两三个星期后，我们另一个同学唐、卢还有我，一起雄心勃勃地计划去城隍庙，要在一天内"扫平"那里大约二十多家小吃店。我们事先筹划讨论再三，决定把钱凑在一起，分享老上海的每一种美味——每人只尝一小口：鸡鸭血汤、萝卜糕、虾肉馄饨、牛肉汤、南翔小笼包、面筋百页单档……可这战役没进行到一半，"共同基金"就已告罄，我们只能黯然撤退。不知道什么原因，唐后来不与我们来往了，但城隍庙里那次美食探险记忆却从未褪色。

没太久，果真就轮到我们自己去上山下乡了。尽管卢在私底下埋怨，也得离开上海去安徽，与他哥哥同庆一起在那里插队落户。现今你们会说，要是卢不想去，不去就是了，可那些年头的情况完全不一样。给你举个这里现成的例子。当年我们红尘坊里就有个叫驼背老方的居委积极分子，他每天都会领着里弄宣传队走遍附近街坊，在让人心惊胆战的喧天锣鼓声中，举起麦克风在卢的窗子下高呼他的名字，一天要这样来上两三遍：

"卢，你怎样能不响应毛主席的伟大号召，赖在上海城里不走？知识青年就得上山下乡！你还是可教育好的年轻人，卢，你不能选择你的家庭出身，但你可以选择你自己要走的路。"

"可教育好的"是当时流行的另一个政治术语，指的是像卢和我这样黑色家庭背景的年轻人。尽管还是"可教育好的"，我们却必须比红色家庭出身的要有更积极的政治表现。上山下乡运动给我们带来的压力，你们今天难以想象。

说不上是走运或不走运，我那时正患急性气管炎，这给了我现成的借口，可以在城里留一段时间。自然，这只是等待分配，身体恢复健康后，还是要与其他人一样去农村。于是我成了"待分配"——那个年代铸造的又一个新词。

困难而漫长的一段日子开始了。我不再去学校，却没有工作，同学和朋友都已离去，在遥远的山上或乡下。我孤身一人在上海，看不到那条等待的隧道的尽头，看不到光。

可不到两个月时间，卢却回到了上海，皮肤稍稍晒黑了，人也瘦了些，但其他方面不见任何改变。

"真是荒诞，"卢对我说，手里捧一小袋从安徽带回来的花生，"一年到头在田里拼死拼活地干，同庆的工分还挣不到两麻袋红薯干？你说这怎么让人活？做梦吧。知青们都饿得肚子叽叽咕咕响，只能靠他们上海家里每个月寄来的邮包或汇单硬撑下去。"

我父母亲也在一旁，卢只能压低了声音做着他的自我辩解。他哥哥还留在安徽，与公社党支部书记发展"非同寻常的关系"，卢因此得以溜回上海，给他姐姐带孩子，可常来我这里聊天。他有时也会抱着他外甥路易一起来，"路易"的发音与外文中的一样，卢说起来还会故意带一种法国腔。小路易挺听话的，不怎么哭闹，我们说话时，他就玩带来的玩具，在他自己充满幻想的世界里微笑。

就像在中学里的日子一样，卢喜欢侃那些让人流口水的美食——或许只在他想象中，但聊起来却绘声绘色，如"清蒸佛手"——填在白葫芦中的鸽子，鸽子中更填着鹌鹑，鹌鹑中还填着麻雀；如"乾隆炸鱼"——把嘴里塞冰块的鲤鱼油炸一下就捞起，浇上汁，端上桌时盆子中的鱼眼珠还在转；如各种不同版本的"龙虎斗"，原材料可以自由发挥搭配，黄鳝或是蛇肉，猫肉或是狗肉，就看大厨的妙手应用……中国烹调传统中有八个主要菜系，卢有足够的材料供他发挥，虽说这些异想天开的名菜，他自己可能都没尝过。我琢磨他只是通过道听途说批发过来的。这对我来说没什么区别。"待分配"是难熬的日子，我有卢经常来串门，运气应该算不错。

对卢来说，他来我这里，也是必要的透气。他与他父母挤在一起的小阁楼像鸡笼。"文革"刚开始，他一家人就被红卫兵从原来居住的"上只角"公寓中赶了出来。他父母与他搬进延安路拐角的阁楼，他姐姐家搬进宝康里的一间厢房。

要是我去看卢，我就得在黑洞洞的楼梯下往上叫他的名字，先确定他在不在，再往上爬。在他家豆腐干一样的小阁楼里，我都找不到坐的地方。卢晚上是在墙上挖出的一块狭长空间中睡，他指给我看了，脸色很尴尬。于是，绝大部分时间都是他来我这里。

我父母对他的频繁来开始感到不安，尤其是对他为"以往的好日子"所做的赞叹。这对说的人、听的人都可能带来麻烦。接着，我父母发现了令他们更不安的一个理由。

那是关于卢和我的"地下"书籍交换。卢有四五本"毒草"书；我一样，手头有一本巴尔扎克，两本狄更斯，一本歌德。但对我们来说，既不上学又不工作，一天有这么多小时在手上，我们自己的七八本书很快就交换着看完了。所以我们必须"出击"，扩大圈子，把借书还书变成了日常的、不停的、上规模的运作。

"尽管'文革'的红口号响彻半空，还是有一些上海好人家把'黑书'藏了起来，偷偷地在亲友中传阅。我们自己有这些书作资本，我们因此得充分利用这资本。"卢用他自己在他圈子中借书还书的例子，来说明怎样能保持书籍的高速周转率，"我手中莎士比亚的《哈姆雷特》，举个例子，可以换虹口区青冠的《俊友》，莫泊桑写的，基本上是等价。莎士比亚经典，但莫泊桑的看起来更带劲。就一个星期，一天都不能拖。青冠是靠得住的。"

但这并不是全部的奥妙所在。因为卢在一夜的时间里读完

《俊友》，立刻就把书转给我；这还不够，我又把书转给我的书友，换塞克雷的《名利场》，而我的圈子转来的书同时也转到卢的手中，再到卢的书友手中。在一星期的时间里，一本书会转上四五次手——到 A 那里换罗曼·罗兰，到 B 那里换托马斯·曼，到 C 那里换海明威……我们在各自的圈子里把这交换不停进行下去——只要一星期到了的时候，《俊友》能完好无损地还到青冠的手里。这有风险，我们必须保证交换圈子的可靠，要小心通过安全、秘密的地下网络。因此，卢频繁地在我家出现。

卢的圈子大多由那些家庭背景与他相仿的人组成，但在我这一边，我有了一些不同的接触对象。《基督山恩仇记》就来自一位党员高干的女儿。"文革"中，江青模仿小说中的主人公，对过去得罪过她的人肆意报复，宣称这本书是了不起的杰作。《基督山恩仇记》因此在"文革"中得以重印，不过，只限在一定级别的党员干部中发行。这些干部本人对所谓的内部书不一定感兴趣，可他们的孩子就不一样了，有时还把书借给别人。

卢是我圈子的核心，四卷本的《基督山恩仇记》自然要借给他，但他也只能有两天时间。卢按时把书还了回来，眼睛通红地说："我通宵读，我姐姐上夜班，她白天读。"

我们也开发出一些安全携带书本的技巧。我一般把书夹在腋下，外面披夹克衫。卢则把书藏在婴儿包中，奶瓶露出在外，没有人会怀疑他包里有书。

但还是有一次，一本《奥赛罗》意外地从婴儿包中掉了出来，还偏偏落在我父母面前。虽然马克思正面评价过莎士比亚，但父母亲交换着忧虑的目光，相信这样的书也会捅娄子。那天夜里，我无意中听到他们在讨论，准备要宣布卢在我们家是不受欢迎的人。

就在他们要着手干预前，另外一件事发生了。母亲在"文革"初期精神崩溃，接着就一直请病假在家，由于资本家家属的身份，她在上海牙膏厂领的是"编外工资"，她的工资不仅仅受大幅削减，"编外工资"一词更标志着她的黑色阶级成分。她上个月去厂领工资，那位会计不知又对她说了什么；羞愤交加之余，她神经再受不起刺激，不想去牙膏厂，用充满罪恶感的笔在"编外工资"单上签字。只是她那份"编外工资"，不管被扣了多少，对我们家还是不可缺少的。我父亲患眼疾无法上班，他那份给停了。他们商量下来的结果是要我去牙膏厂，为她代领"编外工资"。毕竟，牙膏厂认识我的人不多。可我还是不想去，我觉得牙膏厂里的人都知道我是黑崽子。

"我也在给我父亲代领工资，"卢插进来说，"在厂里露个面不过两三分钟的事，取出你母亲的工作证，在工资单上签字。没人会说什么。你要是愿意的话，我可以陪你去。"

牙膏厂离家相当远。去那里要坐公共汽车，再换无轨电车。母亲觉察到我的不情愿，塞给我五毛钱车费——卢和我两个人用下来还有多。她说卢能陪我去，她也放心多了。

这每月一次的差事其实并没有想象中那么糟。在牙膏厂厂门旁的一个小房间里，一个头发花白的会计把我上下打量了半分钟，我低着头说"母亲病了"，她于是把装编外工资的信封递给了我。就是这样。

卢陪在我旁边走出厂门，突然扭过头说："听说过拥挤的公共汽车里的扒手吗？他们可都是手艺高超。"

"怎么了？"

"我们还不如走回家去。"

我摸了摸口袋里的信封，点头同意。反正有的是时间，可以慢慢走。那个下午，卢一路上都在展示他惊人的美食知识面。在上海这个城市里，到处都能找到好吃的东西。同时卢也有他现实的一面，会把搜索集中在一些价廉物美的小店。靠近黄河路头那端，一笼只要一毛两分钱的小笼包；云南路上的原汁三黄鸡鸡粥，撒上鲜酱油、葱花、姜丝，一碗只要三分；再往东一点，五分钱的饭糕炸得金黄……

在随后的日子里，我发现父母对卢的来访变得包容多了。再过些天，我又有一次偶然听到他们在讨论，说我有时候看上去神情迷茫，读些书或许还不是太坏的事。

下一次去牙膏厂，我们干脆一路走着来回，这样省钱更多。卢建议对我们的路程作修改，可以经过他推荐的小吃店。

"我知道一家生煎馒头的店，上海第一。"卢兴高采烈地说，"如嘉上星期从香港回来，第二天就去了那家店。她说生煎馒头里汤特多、特鲜，都难以相信。"

关于如嘉，我只知道她是卢家的朋友，前几年移居了香港。在卢的逻辑中，她的香港居住证似已足以为那生煎馒头店背书了。不管报上怎样宣传党的艰苦朴素生活传统，上海人还是有办法享受生活中物美价廉的味道，同时还保持政治正确。点上一客生煎馒头才一毛钱，肯定算不上违背无产阶级革命精神。我们那天省下的车钱，足够五客。

生煎馒头店在新华电影院后面的一条街上，门口排着一长队衣着简朴的"美食家"。等的时间很长，在风中嗅着生煎馒头上葱花和芝麻的香味，心满意足地感觉到距离越来越近。生煎馒头师傅往大平底锅浇一杯水，传来一阵诱人的吱吱声，卢搓着手，兴致勃勃地开始告诉我馒头中的汤汁是怎样形成的。

"先把肉皮煮上几个小时，煮成一锅肉冻样子，再与肉馅拌在一起。馒头在锅里煎，肉冻就又融回成汤。真是鲜美无比！告诉你一个真实的故事吧。好莱坞明星卓别林三十年代访问中国，尝到上海生煎馒头里的汤汁，惊讶得合不拢嘴，一口气吃下去三客。”

我不知道这是不是真实的故事。那天排队终于轮到时，我忙不迭地一口塞进煎得焦黄的馒头，品味着滚烫的汤汁怎样在嘴中喷射，真可以说是"天上才有"的感觉。

那些岁月中毕竟还是能留下一些欢乐的记忆，在卢的身边，虽说我嘴唇都烫起了泡。

还有一次，大约是我们第四或第五次从上海牙膏厂走出，卢突然打了个响指说："今天去国际饭店。饭店的大厅里有一个柜台出售正宗法国面包和蛋糕。这次我请客。"

"二十四层楼的国际饭店？"

"原来叫派克饭店，多好的英文名字，现在改成国际饭店，实在莫名其妙。可那里的法国烘烤还是非同凡响。大厨在伦敦学过手艺。"

我不知道他从哪里得到这许多信息，不过听说他姐姐又给了他一点儿零花钱，他带小路易确实带得不错。

于是我们绕路去了国际饭店，这是上海当时最高的建筑，在南京路北面俯瞰人民公园。我以前从未进去过，但卢信步走入饭店大厅，悠闲、自在，像回到了自己家中。他挑了根法国长棍面包，还吹着口哨要了瓶叫沙士的棕色饮料。

"味道可真像可口可乐。"他给我倒了半杯，自己接着从瓶子里喝了一口。

可口可乐听上去像是遥远的奇迹，美国资产阶级生活方式的象征。事实上，我知道这饮料的存在，还多亏那奇迹般的中文翻译。我曾在一本旧杂志中读到过，中文译名不仅仅意义是"滋味可口""可以享乐"，发音也与英文发音极接近。不过，卢推荐的沙士喝起来像咳嗽药水，我都咽不下去。

幸亏我们并不常去国际饭店这类场所。不过，我们去路边的小摊的时候也渐渐少了。我们试着把省下的钱积起来，隔一段时间去些有特色但又不贵的店家，像"洪盛兴"的涮羊肉，"东海"的猪排，"小绍兴"的三黄鸡。一如既往，卢坚持要把这些"名特色"的历史和典故给我介绍、解释一番。

在我们一次次的美食探险中，另外一场探险也一直在进行着——在我们的地下书籍交换网中。

在卢转借给我的书中，有一本是罗曼·罗兰的《约翰·克利斯朵夫》。讲的是一个青年通过自己的奋斗，克服种种困难，最后成了著名的音乐家。这本书给了我很大的促动。"个人奋斗"的概念在那时绝对属于政治不正确。所有的报刊都在教育人们要像无私的螺丝钉，心甘情愿地被固定在党和国家所指定的机器上。一切都要听党的，服从党的利益。那小说中的主人公却从一个完全不同的角度让人深思。我读了两三遍。卢也喜欢这本书，尤其爱引用书中的一段描述，讲约翰·克利斯朵夫的几个粉丝，招待他吃了一顿法国南方大餐，精美的菜肴涂满奶油味特浓的酱汁……

那大约是在"待分配"的第三个年头开始时，我正好接受一个邻居的建议，一清早去外滩公园学太极拳。这据说对气管炎有好处。但是，在公园近江岸的一条绿色长凳上，我却转而开始学英语了。这一改变或许是由多种因素促成的：对自己将来的忧虑；在另一条公园长凳上，垂柳下，偶尔能看到两个读书的姑娘的倩影；约翰·克利斯朵夫的励志故事更在脑海中时不时回旋——他努力为自己拼出了一条路——可我自己呢？

卢无法与我一起去外滩公园，解释说他早上要在家里照看小路易。我向他说起，在我去公园后没多久，那长凳上读书的两位姑娘突然不见踪影了，他说我法国小说看得太多了，对我学英文的动机尽情调侃了一通。

不管卢和其他人怎么说，我在公园逗留的时间越来越长，有时会待上整整一个上午。在江堤边，白色的海鸥盘旋，似乎带来绿叶中闪烁不定的信息。

我每天一早就去公园，有点"闻鸡起舞"的意味，母亲为了表示鼓励，给了我早餐钱，一毛。这在当时其实是不太小的数目。

"他去公园看书总比待在家里犯愁要好。"她对父亲说。

当时一顿普通上海早餐，大饼油条，只要七分钱。我试着多省一些，只要一张大饼，有时干脆什么都不吃。这样过一两个星期，我就可以与卢一起出去一次。不过，那些日子里又增加了一笔新开支。在上海外文书店旧书部，买英文工具书的情况有所改善，时不时能找到一两本原版或影印原版书。书店中一位姓林的老职工，悄悄地递给我一本他藏在柜台下的《高级英汉双解词典》，像这样的书肯定是要买的。

那段日子里，卢到安徽农村回去过几次。他哥哥同庆还在那里给他打点一切。卢去乡下的一个主要目的，就是给公社党委书记带上海的礼品。手握大权的书记于是把卢的名字保持在公社工分册上：卢身在上海，却在工分册上有着继续领安徽农村工分的假象，像其他的知青一样，一年到头在那里"接受贫下中农再教育"。

不过那其中也可能有我自己的猜测成分。卢跟我提过几次安徽的事，但每次都语焉不详。我也忙着我自己的事，也还在推进"地下书籍交换工程"，对象和方式都有些变化，开始包括英文书了。

我自己手里没英文书，但我结识了一些能帮助我的人——中学或大学里的英语老师。七十年代初，他们又可以在课堂里教英语了，虽然只局限于一堆政治口号，如"毛主席万岁"，"没有共产党就没有新中国"，"打倒美帝国主义"，等等。至于他们家里还没烧掉的英文书，他们是不能让年轻人接触到的。于是我试着像古时候的学生那样去接近他们——带着"束脩"，这在孔子的年代意味着替代学费的火腿或干肉。在这一点上，母亲给的早餐钱也帮上了忙。在我上门拜访的对象中，有个名叫祖梅的中年英语教师。他在某些方面还真让我想起了卢，也喜欢怀念过去的好时光。不过，祖梅老师已到了知天命的年龄，独自端一杯酒，话说得不是那么多。我有个邻居在王宝和酒店上班，通过这层关系，我搞到了几瓶平时买不到的名酒。祖梅老师大喜过望，让我自己到他的英文小书架上去找。

让我自己也吃惊的是，我居然能挣扎着读起英文小说了，虽然有不少字还不认识。我顾不上一个个字地查字典，凭着对故事背景的大致理解，往往是连蒙带猜地读了下来。

浦江水轻轻拍岸，这些书为我展开了莎士比亚所说的"美丽新世界"。

在美国总统尼克松访华以后，学英语的环境也有所改善。公园里带红袖章的工人纠察队依然巡逻，对人们手中的外文书却不再那么高度充满无产阶级革命警惕。《人民日报》登了一段马克思语录："外语是人生斗争的重要武器。"

在一本名为《意外的收获》的英文小说中，我读到一段话，突然觉得这也关系到卢和我。在第一次世界大战中，书中主人公成了一场反间谍遭遇战的牺牲品，当他身负重伤在战壕里呻吟时，意外地获知自己落入陷阱的前因后果，头脑里更是充满了黑色的怀疑和绝望。从必须赢得整个战争的逻辑看，这样的安排并不缺乏合理性。但就不知情的牺牲品而言，却完全是另一回事了。

"'文革'也许有伟大的目的，可是把我们这些黑崽子挑出来作'文革'的牺牲品，这公平吗？"我攥着书对卢说。

他好像点点头，没正面作答。他说他听到过根据这部小说改编的好莱坞电影。"一九四九年以前，这电影可红了，大光明电影院前要排长队。中文译制版有个特浪漫的译名，《鸳梦重温》。在中国古典文学中，鸳鸯象征形影不离的爱人，这你肯定知道。"

他确实知道许多关于老上海的事。不过我觉得现在我至少比他读得多了，不仅仅有中文，还有英文。他没有丝毫妒忌的意思，过几天还给我带来一本英文精装本的《三个火枪手》。

"我邻居家中用这本书给热饭锅垫底。信不信由你，我是用一块粢饭糕为你换来的。你就留着慢慢看吧。"（书还留在我上海家中。在后来看到不同版本的《三个火枪手》中，卢送我的这本插图最为精美。）

一九七四年，我的"待分配"阶段突告一段落。街道委员会把我分配到了盛泽里弄生产组。这又是因为毛主席的"最新最高指示"。毛主席听到人们普遍的抱怨，在一封信里承认知识青年上山下乡运动出了一些问题。信的公开发表自然体现了毛主席对人民的深切关怀。这样一来，就没必要让我这样的"待分配"青年再继续等待下去。怎么办呢？国家的经济当时几近崩溃。国营单位不可能再招人。里弄生产组——七毛钱一天，也没有任何医疗保险——似乎成了一个解决方法。说到底，我们最初没有满怀革命激情响应毛主席的号召去上山下乡，分配到哪里也没什么可埋怨的。

在里弄生产组，我在缝纫机流水线加工劳动防护帽子和手套。尽管这是三班倒的工作，我还在继续读英文。只是，做其他事的时间却越来越少了，包括与卢一起去外面吃一顿的机会。

"少年不识愁滋味，为赋新词强说愁。"我试着把宋代诗人辛弃疾的词译成英文。我们好像都不再那么年少了。

卢是有他自己主见的人。他相信对我们这样"好人家"出身的人来说，一切都会变好。一天中班下班后，我与他坐在广东路街头的一家小吃店，两人分食一份虾肉小馄饨和一碗阳春面。在到处可见虾壳与鱼骨的街沿上，卢的脚跟轻轻敲出一支乐观的曲子。

"关于'扫四旧运动'中遭到抄家的家庭，一项新的政府政策很快就要出来，要赔偿他们所受的损失。这可是笔巨款呢。"

对"文革"初期的"革命行动"，人们开始有了新的认识，也开始在小范围讨论赔偿事宜。至于任何可能的赔偿款，我却远没有那么乐观。父亲身体有病，我代他与他工厂的革命委员会谈过一些赔偿细节。按革委会的说法，那天夜里从我家抄走的东西，有一大半在半路上已失踪了。更糟的是，赔偿的数目是以当年特有的方式计算的。譬如首饰的价值，是按估计的总重量算——我家的首饰据说抓在手里正好一把，大约一两，乘上当时黄金的价格一两九十九元。这样，赔偿金额算下来的结果像是在开玩笑。卢却显得有信心得多。

几个月以后，政府的政策最终得到了落实。

"这需要好好庆祝一番！"卢兴高采烈地说。我没有马上回应。

我家的赔偿金额根本不值一提。不过，他家的情况可能完全不同。他仿佛急于要证实这一点，请我去外滩的东风酒家。

"你可知道这地方的历史？早在清末的时候，这就是一座宏伟的英国建筑，耸立在延安路和外滩的拐角上。有一度曾是赫赫有名的'上海俱乐部'，有亚洲最长的吧台，无与伦比的服务更是远近闻名。一九四九年以后，政府把它改成国际海员俱乐部。现在又变成了东风饭店。不管名字怎么改，这一直都是个了不起的地方。想象一下，我父亲当年与他生意伙伴一起，抽着古巴雪茄，喝着法国葡萄酒——那美好的老时光多灿烂辉煌！"

那幢红砖的饭店选得不错，至少就"美好的老时光"的记忆而言。卢把小路易也带上了。再过几年，路易就要上小学了，但他依然跟着卢到处走，大眼睛里充满了好奇与期望。那天晚上，餐厅太闹，也太挤，根本不可能有什么像样的服务。我也没看到那历史上有名的吧台——或许"文革"一开始就给红卫兵作为四旧移走了。我们坐在一张遍布酱油渍的桌子旁，点了几道不太贵的菜，其中有一大碗黑胡椒鳜鱼汤是路易选的。他眼睛不停向养活鱼的水缸转过去，等着看服务员怎样把游水的鱼捞出来，但他始终没看到，很失望。

好长一会儿后，鱼汤才热气腾腾端上我们桌子。卢立刻又开始发挥起来，向我传授烹调鱼汤的秘方。

"看这汤，绝对奶白！但其实烧起来不难。你只要先在锅里煎鱼，加火腿鸡汤，在小火上慢慢炖两三个小时，等汤终于变白，你撒上一把胡椒和葱花，就可以端上桌了。"

鱼汤味道真好，鱼肉洁白，映衬着绿葱花与红椒丝。我喝了一汤匙，匆忙把刚学到的秘方记在脑中，卢在旁边打着满意的饱嗝。

"我们还要聚一聚。"他信心十足地说,"更多的赔偿金要发给我们这样的'好人家'。还要办一次庆祝晚宴——在更豪华的餐厅里。"

这样靠着想象中的赔偿金而产生的迷醉,能挥霍多久,我还真说不上来。

那天夜里,也许还真是巧合,我在一本威廉·詹姆斯的传记中读到一个有关实用主义的比喻。比喻说的是有一条长走廊,两边排列着不同形状和大小的房间,一个人推开了其中的一扇门,感觉里面很舒服,就选择住了下来。关键是这房间对他来说实用就行。

我合起书,仰头望着无眠的天花板,上面的水渍依然是变色、难看的水渍,始终没有变成什么有趣或舒服的图案。一个难以摆脱的感觉袭来:卢和我大约已走进了不同的房间。

那顿晚饭后不久,卢又去了一回安徽,他所承诺的再一次请客并没有实现。也许他期望中的二度赔偿没出现,也许他未能找到家更豪华的饭店。

近一九七五年底,卢突然告诉我,他被分配去安徽国营船队,在淮河上来回运输的一条小货轮上工作,偶尔也有机会驶进黄埔江。按照毛主席关于"知识青年"运动的理论,他们有必要去农村接受再教育,但并不一定就是要终生留在那里做农民。其中一部分人,在"成功地接受再教育"后,也可以分配到当地的工厂企业。

"但你绝大部分时间都在上海——接受贫下中农再教育?"我大惑不解地说。

"谁真正接受了再教育,这得由公社头头说了算。书记是同庆的哥们儿,我跟你说过。在他的推荐下,同庆分配到的工作还要理想——上海－安徽列车——等于分回上海了。"

卢不用再多说什么。尽管当时的口号和宣传震天响，什么事情都得由那些手中掌权的人说了算。

"我的算不上是大船，"卢接着说，"上面只有三四个人干活，但工作性质是国营的，还经常有机会不花钱坐船回上海。你还有什么好挑剔呢？"

这听起来是个不错的工作，甚至令人羡慕——与那些给分配到当地社办工厂或矿井的知识青年相比。我有什么好挑剔呢？

"过些天我请你免费黄浦江夜游，我们在船上喝咖啡，抽雪茄，看外滩辉煌的建筑，就像在三十年代的电影中。"

但卢从未请我到他船上去。

我也始终无法把这两个形象叠加起来：一个汗流浃背洗甲板的黑黝黝船员，一个在游艇上哼着小夜曲、搅动咖啡杯中幻想的华侨。或许我是在缝纫流水线上加班得太累了，我面前的缝纫机针在防护袜底上，踩出一圈又一圈，像永远转不到头似的。

一天夜班，我睡眼蒙眬地把手指伸到了缝纫机针下，刺了个对穿，卡住的缝纫机针甚至让整条流水线停了下来。

从区中心医院急诊室捧着包扎好的手指回来，我半路上想安慰自己一下，走进路边一家小吃店。在一碗孤零零的牛肉汤旁，我突然想到已有半年多时间没见卢了……

在流水线不停的电动马达声中，"文革"结束了，"不是嘭的一响，而是嘘的一声"，就像艾略特在《空心人》一诗中所描绘的。那些日子里，我自己其实也快成了个空心的稻草人。

幸亏拨乱反正开始了，许多事开始恢复到"文革"前的状况。一九七七年恢复的大学高考即是一例。通过这场考试，我进了华东师范大学——其中英语考分满分，这还真多亏了外滩公园中的一个个早晨。

半年后，我"破格"考进了在北京的中国社会科学院研究生院（在恢复高考的头两年，政策规定没读完本科的考生也可以考研），师从卞之琳先生攻读英美现代主义诗歌。卞先生当时已近七十，身体也较弱，我每星期一两次去他家上课。在气质上，卞先生更是一个诗人，书桌上像堆积木似的堆着空烟盒，仿佛成了把自己围起来的小城堡，在其中沉思冥想。每次上课，他在给我讲了西方现代主义诗歌理论和实践后，还会闲聊一会儿，从一个题目海阔天空地跳到另一个，聊到三十年代在去延安的路上，他怎样骑在驴背上构思诗行，四十年代在英国做访问学者时，他怎样用英文写一部小说，可五十年代初赶回中国参加社会主义革命时，参加一个个政治学习班，怎样觉得那部未完成的书稿太多资产阶级颓废情调，索性一把火烧了。

"要不是因为思想改造，卞先生本来也可能会留下来——当英国华侨，写英文畅销书。"我一边听着，一边走神又想到了卢的绰号。

在随后的三年里，我只能在寒暑假期间回上海。卢的驳船据说总是那样忙，停泊或运输在遥远的水域，至少这是我的印象。我们几乎都见不上面。

大约是第三或第四次去他家，我依然没碰见他。我通过他母亲给他留了几本书，她给了我一袋黄糖年糕，说是卢一定要她转交给我的。年糕是按他私家食谱做成的，所用的糯米也是他从安徽特意带回。黄糖年糕很糯，也很黏牙，除此之外，没觉得有什么特别之处。

在北京毕业后，我被分配回上海社会科学院文学研究所。我在所里主要的工作是翻译诗歌与短、中篇故事，自然也要写"译者前言"，其中得引用一些马克思、列宁观点，就像那篇《艰难时世》的"译者前言"。人们通常说八十年代是"中国现代诗歌的黄金年代"，除了翻译艾略特和叶芝等现代派诗人的作品外，我自己也开始写诗，成了中国作家协会的会员。

那些日子卢似乎也一样忙，忙着要把自己调回上海来。八十年代初，"知识青年上山下乡运动"的"伟大历史意义"一笔勾销了，大部分的"前知识青年"获准回到城里。相形之下，卢远在安徽船上的工作再不值得一提。

更糟的是，一大部分原先的"好人家"现在都大张旗鼓地迎回海外的亲友，可卢家在这方面偏偏没有一点动静。在不断演化的中文语言中，"华侨"此刻成了一个正能量的词，与难以置信的财富和来自海外的种种关系、机会联系在一起。这肯定增加了卢的压力。他正开始与一个女孩子谈朋友。她在延安路上的一家糖果点心店上班，没什么"好人家"背景，也没什么学历。但卢自己既无上海工作，又无上海房子，有个上海女朋友，多少算给他脸上增了光。

八十年代中的一个下午，我又去看卢，带着一本我翻的康拉德中篇集子《秘密的分享者》。在翻译中，《秘密的分享者》中主人公身旁神秘的"另一个"，不知怎么让我想到了卢。那天，卢与他那位绰号叫"黄莺"的女友在一起，挤在他姐姐的后间中隔出的一小间里，没有窗，相当黑，面积其实只够放一张床。黄莺是个很甜的女孩，把一碟冰糖核桃放在床上的康拉德集子上，她手指上像有一点糖渍。

"这是我店里的，免费吃。"她说，她的微笑一闪，把后面斑驳的墙壁都照亮了。

关于那个在卢家的下午，我能回想起来的好像也就是这些了。我把《秘密的分享者》给他们留了下来，但压根没提书中的人物与卢的关系。卢和黄莺也什么都没问。

两三个星期后的一个上午，卢却意外地到淮海中路上的上海社科院来看我。我们这幢大楼里还驻有其他几个机构，包括《民主与法制》杂志编辑部，杂志当时影响力相当大，据说与上层有着直接联系。说来也巧，我认识这家杂志中名叫尔时的一个编辑。在同一栋楼里，我们午休时也会相互串门。他喜欢跟我聊一些案件，尤其关于各方面怎样在案子后面私底下运作，我送了他几本我翻译的书。想不到他读完后在《文汇报》发了一篇写我的特写。卢因此知道了我跟尔时的关系。

卢要我通过尔时给市政府递一份材料。按照这份材料的说法，卢的父亲"路德维奇"一九四九年年初时，在静安区中心地段买了一栋独立别墅。"路德维奇"顾虑到私有不动产在新政权下可能会遇到的麻烦，为安全起见，把别墅登记在他弟弟的名下。这后来还真在那一方面给他免去了麻烦。到了八十年代中期，人们又可以公开谈论私有不动产，可他弟弟却拒绝把别墅还给真正的主人。"路德维奇"的陈述或许是真实的，但缺乏任何证据。卢一筹莫展中看到《文汇报》那篇特写，觉得在我与尔时的关系中看到了一根稻草似的翻盘可能性。我答应把材料转给尔时，虽然我私底下相当怀疑，像尔时这样的普通记者能帮上这样的忙。

尔时的努力没有结果。这也在意料之中。卢并没给我再施加什么压力，但我们见面更少了。他的船大部分时间都不在上海，而他每次回来，一共就两三天时间，得与他女朋友在一起。

一九八八年上半年，我得到福特基金会的一笔研究基金，可以在美国挑个机构做一年的访问学者。我与美国圣路易的华盛顿大学取得了联系，准备在艾略特的出生地做学术研究。这实在是难得的机会，有一年时间可以在那里收集资料。我打算回国后写一本关于艾略特的专著。

出国前，我去宝康里看卢。那天早上，他正蹲在楼梯下那块黑洞洞的地方，用一堆从里弄煤球供应站买来的便宜煤屑做煤饼。光着膀子，脸上沾满煤屑，他看上去怎么都不像华侨。他徒劳地在灰围裙上擦着手，匆匆把我带到了楼上。黄莺正在一个小炉子上做蛋饺，看上去真像个贤惠的妻子。他们不久前结婚了，就在那隔出来的小间里，算是临时的新房。

房间更挤了，都透不过气来——这也许与小炉子的煤气有关。我们那天到底说了什么，我几乎都想不起来了，除了他关于蛋饺的一番话。

"在一个小勺里摊蛋饺皮需要高度耐心和技巧，把肉馅裹进去也得细心，不能破了。真的，什么都比不上我这里私房蛋饺的口味——自己家里做的蛋饺皮加上拌肉皮冻的秘制肉馅。还记得新华电影院后面的那家生煎馒头店吗？黄莺这蛋饺味道要好得多。你今天无论如何都得尝尝她手艺。"

"这一切都是卢教我的，"她不好意思地说，眼里洋溢着对他的崇拜，"他知道这么多。"

蛋饺确实非同一般地鲜美。通常，蛋饺是放在汤上的，也就是三四只，作为色泽鲜亮的点缀，与蔬菜和粉丝一起。那天我却吃了整整一碗蛋饺，就像是吃饺子，大约有二十多只。黄莺在一旁紧张地看着，生怕我不喜欢。我只能硬塞了下去。

我终于站起身要告辞时，卢用低沉的声音说：

"别忘了我们。"

"这怎么可能？我一年就回来了。"

"好吧，我们走着瞧，"他说着，把手中的烟弹了弹，"华侨——"

在那几年的电影和报刊中，大多数中国人到了国外，都在那里留了下来，最后成了华侨。那确实不在我的计划中，但我觉得没必要与他争。

一九八八年下半年，我按计划动身去美国，随身带着那份艾略特项目的研究计划。我相信会在那里度过富有收获的一年。

在随后的五六年里，我却太忙了，也有了太多的顾虑，没办法回国去。那还不是电子邮件的年代。我与许多老朋友都失去了联系，其中包括卢。在来自上海的寥寥无几的家信中，妹妹也从未提过他。

但我还时常想起那些与卢一起的日子。也许像普鲁斯特在《追忆似水年华》中所写的，只有在对经验的回忆中，新的理解与意义才有可能会浮现。

或许还因为有一个我以前从未想到过的原因。在圣路易，大多数中国餐馆其实都相当美国化了。国内有首流行歌曲的歌词有："不管怎样也改变不了我的中国心"，这里的华人却常开玩笑说："不管怎样也改变不了我的中国胃。"我开始尝试在家里做菜，在锅碗瓢盆中，那些关于卢的记忆更纷至沓来。

确实，从卢那里学到的一些菜谱真给了我帮助，特别是在我女儿刚出生的日子里。按照中国的传统，新生儿的母亲得在床上休息一个月，尽情享用能想象得出、买得到的一切好吃东西，其中包括一道鲫鱼加金华火腿熬出的汤。这可给我出了难题。鲫鱼和金华火腿在圣路易菜场上都不见踪影。我只能改用黄油鱼和熏猪蹄，但我倒是紧跟卢在东风饭店中教我的做菜的步骤，每个细节都不打折扣。汤出锅时果真色泽奶白、入口浓郁，不亚于卢在东风饭店中请我喝的。我平时做菜极少得到妻子认可，但她那天破天荒地夸奖说这是她喝过的最鲜的鱼汤。

流年似水，记忆像水中游鱼一般的影子，偶尔会有一两次，在不眠夜晚中荡起涟漪。

一九九六年，我第一次从美国圣路易回上海探亲。这些年，上海已发生了如此戏剧性的变化。许许多多的人事都几乎再难辨认。我向我妹妹问起卢。

"你离开后他从未来过。一次都未来过。"她语气中有不加掩饰的不满，"但他可能搬走了。最后一次我见到他骑那老坦克自行车，摇摇晃晃经过山东路——我想一想，那大约也是两年以前了。"

第二天下午，我去卢在延安路的家，但那老房子消失了，只看到正在建设中的一个地铁口。我接着去他姐姐在宝康里的家。她还在那里，告诉我卢已回到上海，现住在杨浦区自己的房子里，在靠近西藏路的"杜五房"熟食店上班。

"噢，他现在是经理了。"她加了一句说。

我转过身，手拉着黑漆漆的楼梯档子摸索下去。楼梯还是记忆中那么陡，一步步都得小心，一瞬间仿佛又回到了过去。

在记忆中，杜五房是家老字号熟食店，以红酱肉、熏鱼、盐水鸭膀等熟菜闻名。不到十分钟时间，我就来到那里，远远瞅见临街的玻璃柜台，老牌子的酱肉在午后阳光中还是那样红油油闪亮亮，但柜台看上去小了许多。

我走进去，在熟食柜台后看到一群衣衫不整的顾客在桌子上吃馄饨，一边吃，一边在大声谈话哄笑。在墙上黑板菜单中，"荠菜鲜肉馄饨"列在最上面，价钱也相当"亲民"。

卢在店堂里，穿一套油渍斑驳的工作服，拿一块抹布正过来擦桌子。我脱口叫出他的外号：

"卢华侨！"

"你——"他吃惊地转过身，直眨眼，好一会儿才认出我，却说不出一句话。

"这么多年了——"我一把抓住他在工作服上擦着的手，"有这么多事，我们要好好聊聊。走，让我们去找个安静一点的餐厅，卢。去国际饭店怎么样？现在已快四点半了。"

"先在这里来一碗馄饨吧？"他有些犹豫地说，似乎不着急走的样子，"我是下午当值经理。这班头要到六点半才完。"

"也好，我们在这里先聊着，不过——"

卢把我带到隔墙后的一张小桌子，离厨房很近，可能是为雇员们留出的一块地方。我听到厨房的大油锅正噼噼啪啪在炸着什么，闻上去像是咸带鱼。

卢坐在小桌子对面。他看上去变化不太大，但又实在不是我曾那么熟悉、想当然的卢了——在那些日子里，卢听到去国际饭店，步子准定迈得比谁都快。作为一家国营熟食店的经理，偶尔与个多年不见的朋友一起提前走开一两个小时，应该没什么关系吧。

"最好的馄饨一碗，"卢向厨房大声喊着，"给我从美国回来的老朋友。"

于是我们聊了起来，桌子上放着荠菜鲜肉馄饨，汤里还漂着姜丝和蛋丝，几乎就与我们中学里的日子一样。

只是，这些年在他身上发生的一切，似乎没什么特别精彩的内容可以当故事来讲。九十年代初的时候，国内的报刊上公开承认知识青年上山下乡运动出了问题，因此一部分已上调到当地工矿的知青，也获准返城。

卢自然放弃了他在船上的工作，回到上海，在这熟食店里找了份工作。在前面柜台上干了几年营业员后，他升了当班经理。

"简而言之，不在最上面，也不在最下面。说到底，现在不少人在上海都甚至没工作呢——"

他的叙述不断让人打断，一会儿是前面柜台的营业员向他大声提问，一会儿后面厨房的大厨因为给他煮了一碗"最好的馄饨"，问他要支烟抽。卢得时不时站起身，跑前跑后。这工作也够让卢忙的。

"杜五房是上海有名的老字号，"他说着，我的汤匙在馄饨汤里轻轻转动着，像搅动着记忆，"在'文革'中，店名是'东方红'——"

"对，你还告诉过我，那充满革命意义的店名的可能起源：那酱肉也是红红的，我记得。"

"真的？"他有些惘然地注视着我，"但熟食店再不时兴了，不管叫什么名字。"

"这怎么可能呢？"

"过去，上海主人会坚持在家里请客人吃饭。因为生活条件差，因为食品供应紧张，因为饭店少得可怜，整条西藏路上也不过两三家，于是人们就会来熟食店买几个菜。可今天，大饭店小饭店到处可见，主人要是不请客人到外面去吃，就丢面子了。"

这就是为什么柜台前的顾客那么少，甚至像杜五房这样的老店还得在后面供应馄饨，多少来弥补前面失去的生意。我勺起一只馄饨，馅子中的荠菜绿得可爱，在我美国邻居的后院中，荠菜是不能食用的野草。我有八九年没吃到荠菜了。

"变了，全变了。"卢低头说。不知道在店里哪个角落，收音机正传出一支流行歌曲："昨日的梦已被风吹送，今日的风仍在梦朦胧……"

"你下班后，咱们换个地方去坐坐。外滩东风饭店怎么样？"我又想起了多年前那顿晚饭。我也可以在那里告诉他，他教我做的鱼汤怎样在美国意外地大获成功。

"东风饭店早没有了，改成了肯塔基炸鸡。我前些天还经过外滩那个拐角。"

"为什么改了？"

"有些上海人认为'肯塔基炸鸡'时髦、高档、全球闻名。个别喜欢出风头的人还把结婚筵席设在那里。"

"那由你来挑家饭店吧。在上海，你一定知道那么多家。"

只是卢依旧没露出急切的样子，嘟哝着说晚上要陪他女儿做功课，开始用一片纸餐巾擦嘴。这许是错不了的暗示。

我站起身告辞，随着卢穿过几张桌子，向门口走去。在那些顾客中，有一个还偏好老牌子熟食，桌子上有盆糟耳朵，显然是从前面柜台买过来的。他可能有些醉了，但还在喝一瓶黄酒，给自己哼一支小曲。

"你听到唐的故事了吗？"卢突兀转过身问我。

"唐，什么故事？"

"他几年前跳进一口枯井自杀，活活饿死的，两三个星期后才让人发现已腐烂的尸体。他当时去江西一个偏远的村子插队，驾驶的拖拉机翻进了沟里，大脑受了伤，从未恢复过。"

我想到了那个遥远的午后，唐、卢和我一起在老城隍庙，在一家家小吃店中怎样推进"美食战役"。这是一场荒唐的经历，但阳光洒进我们年少的笑声……

宋朝诗人陈与义的两行诗又掠过脑海——二十余年如一梦，此身虽在堪惊——而且，还与卢在一起。

在似曾经历过的恍惚中，我抬头瞧见西藏路对面的大世界。这曾是上海最有人气的娱乐中心，现在看上去却像给人遗弃了，年久失色、失修。这栋建筑在原先设计中有好些露天舞台、过道与大厅，如今要重新装修，恐怕也很难安装空调或其他现代设施。在"知识青年上山下乡"运动初起的日子，卢和我不止一次地站在大世界前，向披红戴绿的"知青汽车"挥手致意。这一刻，在铁链锁起的大世界入口旁，我见到一家新开张的四川饭店，霓虹灯招牌投射出"醉江南"字样，融入下午还残剩的日光。

蓦然，一只孤零零的蓝雀在耀眼光线中掠过。

"明天在醉江南吃午饭，好吗？"我说，"你总有午餐休息时间吧。""十二点。"他点头答应，"我在餐馆里等你。"

第二天中午，我在餐馆里见到了卢。他笔挺地坐在近门口的一张桌子，身穿新的休闲西式上装，胸前口袋还露一角白色丝手帕——一瞬间记忆中的华侨——可在那些穿仿靛蓝花布裙装，假冒四川口音的年轻女服务员中，他看上去奇怪地格格不入。我刚在桌子旁坐下，他就把菜单给我推过来："还是你点吧。现在你可是见过世面了。走运的家伙！"

"河里的水暖水凉，只有在水中游泳的鸭子自己才知道。"我不愿多谈运气，想到苏轼的一行诗，改成了用自己的话说。也奇怪，人们经常用诗歌来说自己说不好的话。我接过了菜单。

我们每人都点了一两个菜，不算太贵或太怪，还相当传统。麻辣牛筋、干锅蛙腿、宫保鸡丁、麻婆豆腐，再加上一份浸在红辣椒油中的水煮鲇鱼。最后这一道是卢推荐的，说是上海最新的流行。

鱼是出奇地嫩，白色的鱼肉映着浓浓的红汤，我们得不停地用啤酒解辣。在小炉子上的小锅子里，撒了枸杞的蛙腿真令人食指大动，四川牛筋几近透明，嚼在嘴里又脆又辣。这些正宗的特色菜在美国难以想象。

我勺起一匙豆腐，开始讲我在圣路易煮黄油鱼汤的经历。他喝一小口啤酒，撕下一片蛙腿，眼中似有遥远的茫然。

接下来轮到卢了，由他来继续上一天的故事，填补其中留下的一些空白。他刚回来时花了很长时间找工作，却四处碰壁。在浪费了十年的时光后，他甚至都无法在求职表格中写自己有什么学历或特长，最后却因为他在面试时说了平时喜欢做菜，让他得到了一份在熟食店的工作。他延安路上阁楼的家在地铁工程中给拆了，作为补偿，他在杨浦区分到了房。

"这是老式的单居室，不像现在有起居室和卧室的套间，但我想办法把房间隔了一下，也等于套间了。"他慢腾腾说着，把筷子捅进鱼眼睛，将鱼头裂成两半，仿佛在演示那困难的装修工程。

从他的角度来说，这讲的是日子过得还不错的故事，虽然不像有着难以相信好运的另一个华侨——我。

"你如今是货真价实的华侨了，你懂的。"他耸耸肩说，又舀起一匙鱼汤，像是终于接受了命运的错误换位。

一个长得很秀气的女服务员，身穿无袖靛蓝花布衬衫与紧身短裙，像从一本古典画册中袅袅婷婷飘出，轻盈地走向我们的桌子，为我们又打开一瓶青岛啤酒。瓶盖不小心落到地上，她弯下身去捡，秀美的光脚脖子上银镯像梦一样闪烁。

在猝然袭来的一阵伤感中，我不由自主地念出几行几乎快忘了的诗："垆边人似月，皓腕凝霜雪。未老莫还乡，还乡须断肠。"

这是晚唐诗人韦庄在一首赞美江南的词中写的。在九世纪，诗中的江南可能还包括了今天的上海。我试着把我们的谈话引回到我们那些年读过的书。

"但我们已经不再年轻了。"卢说，从汤里夹起最后一片鱼。

我也把啤酒一口干了。

吃完晚饭，卢静静坐着让我买单，点起一支烟，没有像过去那样，坚持要把账单抢来抢去一番。

那天分手时，我忘了问他要电话号码。但转念一想没关系，我们肯定还要见面的。杜五房熟食店离我家就十分钟路。

只是那次回国期间，我没再见到他。因为一个翻译项目，我匆匆赶回了美国。没多久，我在那里开始写一本关于转型期中国的英文小说，写在这个依然熟悉却又那么生疏的国家里所发生的一切。

人们常说作者的第一本书难免会有些自传的痕迹。也许吧，要不是在主要人物身上，就是在次要人物身上。事实上，我小说一开始就写了那位探长主人公，在一个绰号叫华侨的朋友影响下，怎样兴致勃勃地准备一顿晚餐。尽管起初犹豫，我还是保留了卢的名字和绰号，还有他身上的种种特点。

写作还真可以使人重新在过去的经验中生活，有时，还能在其中发现新的、以前没想到的意义。

宋代诗人苏轼曾做过一个美丽的比喻，把人生种种经历比成孤雁在雪地上留下的足迹，仅存在一会儿就消失了。要把足迹努力保存下来，就像西绪福斯神话中一样不可能，但也正是这努力使我继续往下写。

要到三年后，我才有机会又一次回中国，行李中带着我的第一本英文小说。手中的书鬼使神差地变成了侦探小说，但卢华侨这个人物倒没怎么变。只是在小说里，他要比在真实生活中成功得多。我期待着给他看那写有他名字的书页，想象着重逢时他的喜悦。

"噢，这本书是我的美国作家朋友写的。看，我的名字在英文中。"

那一次回国，我住进了离大世界不远的一家宾馆。第二天下午，我径直去了杜五房熟食店。我不知道卢是不是正在上班，但没关系，如果他不在，我就买个熏鱼头回到宾馆中作夜宵，回国倒时差得有好几天睡不好。在原来是那熟食店的地方，我却惊讶地看到一家新漆的门面——卖美国炸鸡——类似肯塔基炸鸡，门面上也有英文标志，虽然这标志我在美国从未看到过。或许这黄金地段太具商业价值了，一个老派的熟食店没什么利润，留不下来。在中国经济改革浪潮中，我在美国读到新闻，不少赔钱的企业都给卖掉了。

卢不在店里。一个女营业员忙着在柜台里摆炸得金黄的鸡腿。柜台看上去倒还挺熟悉的。我向她问起卢。

"卢不在这里了。"她简单地说，举手挥走一只还不屈不挠地绕着柜台嗡嗡飞的苍蝇。

"但杜五房——"

"熟食店卖掉了。现在是'美国炸鸡'。我是老店的营业员中唯一留下来的。"

"卢去了哪里呢？"

"回家，但他还有双保。"

"双保什么意思？"

"他没有工作了，但到他退休年龄时，市政府还保证他有社保和医保福利。"

"那么现在他也没有工资收入了？"

"没有了。只剩两三百元最低生活费吧。没办法，他得把一分钱掰成两半花。话说回来，他可是雄心勃勃的人，你知道。老话说得好，小庙里容不下大菩萨，他现在可以随心所欲地开创自己的大事业。"她声音充满挖苦，手中的塑料蝇拍一扬，啪一声拍死了苍蝇。

我对她的嘲讽并不太惊讶。卢就是这样，喜欢夸夸其谈。我习惯了，但对我妹妹，对这位女营业员，可能是另一回事。

"你有他家里电话号码吗?"

"没有。"

"什么!"

我一直想当然地以为我总能找到他。这是我的错。

我转身赶向宝康里，但这条弄堂也沮丧地消失了。一座高层建筑正在那块地皮上兴建，暮色中，一台塔式起重机似在向陌生的天际打着问号。

我妹妹小虹告诉我，宝康里的居民都搬迁走了。卢的姐姐去了哪里，她没听说。我又去找了几个老同学。其中一个说大约两年前，他有一次看到卢在店门口叫卖特色萝卜糕——可能是卢在为挽救老字号熟食店所做的最后努力。只是卢似乎故意转过身，两人都未能打上招呼。或许不难理解，这不是卢感到脸上有光的一份工作。他无意见老同学。

但到了最后，连这样一份"丢人现眼"的工作，他也丢掉了。

我努力想从我们在醉江南饭店的谈话中找出些头绪。唯一想得起的线索是他在杨浦区的房子。但那区域太大了，我查遍了电话白页，没找到他名字。他家里甚至都可能没装电话。

那次回国期间，我始终都没见到卢。我在妹妹那里留下我的第一本英文小说，请她帮我继续打听，如能找到卢，就把书转交给他。

在美国出版商的坚持下，我原来只准备写一本的小说变成了一个系列。在第二部里，卢华侨名下的新餐馆"莫斯科郊外"大获成功，店里还有俄国女郎在舞台上表演。

"'在想象中，一切都是可能的。'一个年轻的女孩子依偎在陈探长身旁说，她唇间有一片嫩绿的茶叶。"

在这系列里，卢成了一个反复出现的人物，在自己的饭店招待他的探长朋友，给他提供各方面的帮助，同时一家又一家地开出自己的新餐馆。很快，卢成了上海滩上一个有影响力的大款。他递给人的名片上，令人印象深刻地排着一长串头衔，包括"俄罗斯菜系大王"。

无论如何，卢完全有可能在今天的中国这样春风得意。在物质主义上的标准成了唯一标准的社会里，哪怕只是在稿纸上描写他的成功，下意识里似乎也有一丁点儿安慰。

世界各地的读者都希望陈探长在急剧变化中的中国继续干下去，这也成了我不断回国的理由。在一次次旅程中，我一直都在向人们打听卢。还是没有任何消息，他就像消失在空气中了。

"美国炸鸡"也再不见影踪，店门外的招牌据说已换了三四次。

不过，我仍时不时幻想着：说不定哪天会在哪个街角上撞见他。在上海这个大城市里，我知道这概率是太低了。

还有一种难以摆脱的感觉缠着我：在现实生活中的卢很可能会与在虚构小说中的不一样。否则，他会来找我的。

接着，陈探长系列出了中文版。我在妹妹那里又留了一本中文译本，还是希望她有机会能把书交给卢。

"你把卢都写进小说了，却没有我的份，太不公平了。"妹妹半开玩笑地抱怨说。

"好几年我都没有他一点儿消息。现在中文版出书了，如果他能碰巧看到，也可能会来找你。"

"我想这不可能，但卢的运气实在不好。"小虹说，"现在整个上海是在集体怀旧中，像杜五房这类老字号，有不少人在呼吁要把它们恢复回来。这算不上什么好工作，但至少是国营的。"

我点点头，又从另外一个角度想起了卢的遭遇。在他年轻的时候，卢坚持不跟时代的潮流走，但他能坚持多久呢？最终，他不得不改弦易辙，准备与其他人一样，安分守己地过日子。可是，时代在变，又改了道的水流让他搁浅了。这似乎也可以归于他的运气。

具有讽刺意味的是，"华侨"这个词的含义又在变了，至少听上去不再令人羡慕。在"美丽新世界"里，中国国内的暴发户炫富摆阔，让海外归来的华侨都要瞠目结舌。于是现代汉语中出现了一个新词"海归"——从海外归来到国内寻找新的商机赚钱。甚至有人在谈"中国绿卡"了。

但屈指西风几时来？又不道流年暗中偷换……

今年早些时候，我在上海参加了一个文学会议，提交了一篇关于影响研究的论文。这是比较文学中较难搞的题目。一个作家可能是在一个从未想到的角度影响到了另外一个作家，可到后来真要追本溯源时，人们才会发现，这所谓的影响其实根本不是那么一回事。

会议结束的那个下午，我独自走了出去，漫无目的地逛了好一阵子，发现自己是在往外滩的方向走。到延安路与中山路的交叉处，在原来是东风饭店，后来一度是肯塔基炸鸡的地方，我看到新装修的华尔道夫酒店——现在成了上海的新标志性建筑。我没有进去，而是沿着江畔继续往前走。一支熟悉的曲子从海关大楼的大钟传来，还是当年那么熟悉的《东方红》，虽然依稀记得有一段时间这曲子也曾改掉过。我远远向外滩公园看了一眼，公园门掩映在绿叶中，看不太清楚。我往左拐上了南京路，沿着现在的步行街经过上海第一百货商店，但我也没进去；我第一本小说中的一个悲剧人物在这里上演了她生命中的一幕幕……我不知不觉中转到了延安路与西藏路的交会处，攀登上天桥，突然想到——这正是卢和我在七十年代常走的一条路线，那时我们热衷所谓的美食探险，一家店又一家店地吃过去，只是那时附近没有这么多的高楼大厦。伫立在天桥上，我俯视着曾是熟食店的地方，想到了李白的几行诗：

浮云游子意，落日故人情。挥手自兹去，萧萧班马鸣。

从澳大利亚到中国的虚构批评

十二月的悉尼依然是夏季，华森海滩上还可以看到不少穿泳衣的红男绿女。海滩边坐落着一家著名的海鲜酒家——"道尔海鲜"。我不知怎么联想起福尔摩斯小说的作者柯南·道尔，名字与这家饭店巧合。当然这可能仅是巧合，脑海里却又浮起了一些有关后殖民主义的联想。

午饭的主人是澳大利亚新南威尔士大学的孔子学院院长，凯瑟琳·哈法克（Cathryn Hivaka），一位中国问题专家。在座有她好几个同事，包括英语学院的教授，史迪芬·缪克（Stephen Muecke）。我给他带了一本新书，《红尘岁月：上海的故事》（*Years of Red Dust：Stories of Shanghai*），他回赠的也是一本短篇集子，《在安特曼群岛中的乔》（*Joe in the Andamans*），封面设计显然颇具吉卜林的情调，带一小标贴，"2010 年 Adelaide 文学节文学奖决赛入围作品"。回去打开看时，发现却是一本批评理论集子，并有一副标题 *and other fictocritical stories*。

Fictocritical stories 或者 Fictocritical writing，对我来说相对还是个新词。从 fictocritical 一字的前半部组成看，有虚构（写作）的意思，后半部则指的是批评理论。这算是一个后现代的新批评潮流，把故事、批评、理论的写作融为一体。如果要找风格相近的先驱，可以追溯到蒙田或罗兰·巴特。虚构批评（fictocriticism）最近几年在加拿大和澳大利亚有长足发展，史迪芬·缪克就是其领军人物之一。关于虚构批评，他在集子的"引言"中说过一段话："虚构批评自然是很大的范畴，也只能如此——如果说它的写作灵感是来自身边的事物或情景。人们不妨对感兴趣的作家强调说，别觉得他们的写作必须符合另外一个模式的规范，而是要有信心，他们面对的情形中所特有的问题，会出乎意料地使他们改变写作方法。"他这本集子的副标题，因此不妨译为"以及其他虚构批评故事"；这里加了"故事"，多少更突出了叙事成分。

史迪芬·缪克书中的题名篇《在安特曼群岛中的乔》，讲的是作者与儿子乔一起的一次远足。开篇引用的萨特的格言"他人就是地狱"，却腾挪到了旅行这一题目，说这其实可以类比，因为人们在出发前所抱的种种期望，往往要比旅途本身的经历美好得多。接下来他展开叙述，讲父子俩怎样千里迢迢去位于印度与缅甸间的安特曼群岛。叙述者从文学理论研究学者这一特定身份角度写起，自我调侃地联想、发挥开去。先把儿子的远游与人类学中的成人仪式扯到了一起；又转到怎样应付心理分析学中恋母情结的问题；安特曼群岛的特定历史地理条件，自然得放到后殖民主义的理论中详加观照；而乔的"自我"似乎更得远涉重洋，一直要来到在当地土著的异己中，才能最终得以确立；甚至父子俩在旅途中读的书、看的电影也都放到了后现代的语境中，获得了新的理解和阐释。一路道来，夹叙夹议，写得汪洋恣肆，又自我解嘲，甚至自我解构，只是篇幅较长，细节难以在这里复述。好在这不仅是空洞的理论批评，更是一个有趣的故事，读者自己尽可以来消消停停地阅读。

至少我是读得津津有味。最近这几年，因为忙于写作，新理论书看得少了。要找一个自我辩护的理由，或许也可以说这些书大多枯燥乏味，太抽象，加上一大堆生造的词汇，读起来佶屈聱牙。《在安特曼群岛中的乔》读时感觉就不一样，叙事生动而又充满了反嘲，好几次都让我忍俊不禁。说到底，后现代批评放到了日常生活的叙述中，父子间的一幕幕场景又轻巧、幽默地印证了理论，再由此加以阐发，读者就不那么难接受了。

譬如，史迪芬·缪克在一开始就写到主体的问题："如果自我没有内在会怎样呢？"换句话说，如果没有所谓的主体会怎样呢？他接着说，"像其他的文学类型一样，虚构批评以主体的不同形式——如果你喜欢这样的话——对这个世界的生存进行实验。某个人真是像那样的？这个经常被提出的问题，可不正是文学的诱惑力所在吗？这种主体的形式不仅仅在于一个充分发展了的人物形象中，也在于思想的过程和认知的方式里。"《在安特曼群岛中的乔》恰恰是把主体放到了特定的场景中，来展现不同的思想和认知。

接下去的一篇是《被中心了》（*Being Centered*）。有意思的是，这与中文网络上正流行的"被"结构异曲同工，都是"被"后面加上名词，凸现的不仅仅是动作的被动性，更蕴含着主体、主语的无可奈何、无能为力意味。史迪芬·缪克的《被中心了》一文，由一段段既关联又独立的随笔或故事组成，其中一个小故事的标题是：《格雷斯兄弟再不是格雷斯兄弟了》。

这里"格雷斯兄弟"是一家百货公司的名字。几年前，老百货公司的经营出了问题，因为众多丰富多彩的购物中心抢了它生意。接着，沃克集团公司把这块地方改建成了"地区购物中心"，取名为"百老汇"，摇身一变成了"地球上最大的娱乐总汇"，原来破旧的内部作为超级"商品娱乐"也因此得以重新估值，身价百倍。史迪芬·缪克通过这一具体例子，分析了现代消费社会相当常见的一个文化现象。当然，文章也是从作者自己逛店的经历写起的：

我不能熟视无睹日常的经济生活。我得去购物中心。不过我现在可以一边在那里购物，一边想唐·德里罗（Don De-Lillo）。在他那本名为《白色噪音》的小说里，他着重写了市内中心衰败的景象，但又用消费资本主义充满嘲讽性的信心，对此重重涂上色彩，使其显示出既神秘又日常的模样：

　　"城里一些房子已有失修的迹象。公园长椅子需要修缮，破落的街道得重铺路面。但超级市场没变，如果说变也只是变得更好了。货架上摆满货物，光彩陆离，充满色彩与音乐节奏。在我们看来，这似乎就成了关键。只要超级市场不出问题，一切都是美好的，而且会继续美好，最终还会变得更好。"……

　　我们购买商品，商品价格有赖于市场价值；因为形形色色的市场空间特色，价格得以倍增。商品自身或许会有一种光环，但中心的位置肯定增加了其价值。对于逛这里的消费者来说，"百老汇"是作为人们都应该要去的一个地方，作为文化和娱乐的中心，而不仅仅是作为商品价格最低的一个地方，成功地得到了推销。文化价值能因为想象或欲望而汹涌膨胀，或难以解释地减退，但始终都是作为价值计算的一部分："我们所愿意付出的。"

　　在改建工程尚未开始时，我一天乘423路公共汽车经过格雷斯兄弟百货公司，惊讶地看到那里的一条简简单单的标语遭到了涂改。原来上面写的是"我们不会输在价格上"，有人搞笑用白漆涂改成了"我们不会吃在大米上"。格雷斯兄弟的消费性标语本意是为了突出经济可竞争性，要向消费者表示："重视我们吧！因为你们在这里消费得多，获利得也多。"不过，标语让我们的搞笑者篡改为文化危机意识的宣泄（新右派众望主义那时气势正盛），成了带有种族主义恐惧幻影的拒绝。亚洲对澳大利亚，这里的密码设置是文化习俗（吃大米），成了在全球范围里对另一种消费的恐惧：说到底，是担心被国际竞争所吞没。

在格雷斯兄弟百货公司的老经营模式里，降低价格的承诺被看成是足够使实在的消费者产生消费动机。现在，就像在这一标语的改写中我们所看到的，文化（在购物中心里）是在于刺激无意识，因为氛围而被当作了艺术来处理。这里有灯光与色彩，独创性与意外性。经济这样溢进了文化……

商品具有文化价值，因此，在留心经济与文化价值的区别时，人们应该不要让其绝对化。文化是可以在经济上加以剥削的（这一点对那里的人都说不上是什么惊奇），但这一点，文化分析家传统上是通过符号、通过文化的呈现或错误呈现来研究的。只是，符号的转化可以产生一种力量，或一种力量的混合，会在符号的周围的空间中出现……

在《白色噪音》里，山坡学院里那人气颇高的文化教授墨瑞，把超级市场里的经验比喻成在死亡与重生之间的一个暂时过渡阶段，这一阶段为西藏人深信不疑。墨瑞一边帮小说中另一个人物巴贝特推购物车，一边说着：

"死亡基本上是一等待时期。很快，一个新子宫将会接受新灵魂。与此同时，灵魂则忙着为自己找回一些在出生时丧失的神性。"他说着琢磨地的侧面，仿佛要看到什么反应，"每次我来这里，都会这样想。这个地方给我们精神充电，为我们做好准备。这是大门或途径。看上去多明亮，充满了具有精神沟通能力的数据。"

我妻子微笑地读着他书中的话：

"一切都隐蔽在象征里，在神秘的面纱和文化物质层面后藏匿。但这里具有精神沟通能力的数据资料，绝对如此。那些大门不用吩咐就开启、关闭起来。能量波动，物质辐射。所有的文字和数字都在其中，光谱的全部色彩，种种噪音和声音。一切的代码文字和仪式措辞。这仅仅是关于解释、重新排列、把一层层不能说的层面撕开。不是我们要这样做，这样做也不会有任何用处。这不是西藏。甚至西藏也不是以前的西藏了。"

现在我把购物车推入"百老汇"的停车场，移动门上出现一条信息，来得比以往更印象深刻：希望你对我们购物中心的经历感到满意，请再次光临。

在悉尼访问期间，史迪芬·缪克的文章常常让我产生联想，多少是因为这次来澳大利亚，新南威尔士大学安排我住的是 Bundi Juncture 酒店公寓，周遭遍布高级购物中心和超级市场。多年前在里弄生产组一起踩缝纫机、后移居澳洲的一位同事，特地过来看我，说这里就像上海的徐家汇，置身于购物中心中，有档次，感觉十分好。我当时其实只顾得上另一种感觉，距公寓仅几步之遥的中心能买到热气羊肉，回酒店公寓自己做，方便而且好吃。我没对老同事如是说，否则就让她觉得太没档次了。毕竟，我们的主体也存在于他人的解释或想象中。

在这个全球化的时代里，史迪芬·缪克笔下"百老汇"购物中心的经验，显然不可能是独特的。这几年，国内新耸立起的高档购物中心同样是雨后春笋一般。在小说《红英之死》中，我曾写到上海第一百货公司，在九十年代初时还是购物者的首选，其中工作的那位女主人公因此也与有荣焉，这几年却已落魄到与

"格雷斯兄弟"相差无几的地步。据我一些时髦亲友说，他们不去第一百货，尽管那里价钱便宜，却宁可逛对面身价不凡的百联世茂国际广场。于是，我更想到几年前回国的一次经历。

那次是去北京参加"老书虫"文学节，转机途中遇到了一些问题，结果人到终点行李却未随飞机到，想到第二天要作正式的讲座，身上却只穿着一件圆领衫，不免有些忐忑。于是给会议组织者打了一个电话，听他们说宾馆附近就有太平洋购物中心，各种商品应有尽有，还有好几个餐厅。刚挂下电话，多年未见的朋友永华来访。正值午餐时间，她说太平洋购物中心是首都成功人士购物、用餐的一个地方，就一起去了。

"太平洋"确实不同凡响，刚进大门就听到一阵悠扬的钢琴声传来，在礼仪小姐的动人笑容中荡漾。一家家富丽堂皇的专卖店里，顶级世界名牌琳琅满目，看得人眼花缭乱。购物中心是否真有史迪芬·缪克调侃说的"精神沟通能力"，我说不上来，反正感觉就像刘姥姥进了大观园，晕头转向，身不由己地融入了这里的氛围。我们来到一家名叫"大宅门"的饭店，大门金碧辉煌，古色古香，看上去像是历史悠久，据说汇聚了京城的古今风味小吃。这些年，国内流行怀旧，仿佛本身也成了一种风味（用最近又开始流行的话来说，精神可以变物质，就像因此再度响起的红歌），价格不菲，但也反映出选择在这里用餐者的身价。

当然，在"大宅门"里，更是为了要还永华的情。八十年代中，我有一次来北京，住不起招待所，在她家中"蜗居"过好几天。一清早，她就赶着去美术馆后面的胡同里为我买糖火烧、焦圈、包子、油饼，每天都要翻花样，日日新。她对我如此关爱照顾，无疑也是因为我们共同的一个朋友。那些年，她们都在北京图书馆工作，关系像姐妹一样，我经常去那里借书，有时不完全是为了借书。永华曾由衷地期盼，我与她那位朋友最终能走到一起，尽管事与愿违，"风流总被雨打风吹去"，永华却还一如既往地爱屋及乌。多少年过去了，那个下午，当"大宅门"的餐桌上摆满了艾窝窝、驴打滚、豌豆黄等小吃，永华更取出她一页保存多年、还加了塑膜的《文汇报》，其中有一篇关于我的采访，坚称她当年就深信不疑，我现在终于是"成功的华裔美籍作家"了。她回忆起当年我与那位朋友间一幕幕情景：在北京图书馆的院子里，白塔遥映，也在她四合院的房间里，窗上还转着一个小纸风车，只是阴错阳差，兰因絮果……就像艾略特在一首诗中所写的，"多少原来可能发生的可能性"，都仿佛在充满京味的吆喝里回来。

吃完饭，自然要去买衣服，我在永华的建议下走进了太平洋中心的一家专卖店。出乎意料，那里便宜的衬衫也要八百多元人民币，这价钱在美国可以买上四五件了，反倒是永华丝毫不见惊讶的样子。营业员推荐了一件 Hush Puppies，强调说是正宗美国名牌。Hush Puppies 在美国是一种鞋的牌子，我记得给女儿买过，不过，在中国领全球潮流的年代里，在此率先成了服装名牌，也并非不可能。永华一旁微笑说我是海外归来的名人，这件衣服能衬托出我的身份；营业员更忙开了，笑容立刻花朵一般绽放，要我换上试试。在镜子前，永华还帮我整了整领子。"前度刘郎今又来"，我于是毫不犹豫付款买下，都没换回汗衫，穿着 Hush Puppies 走出了购物中心。

应该说，这是没发生什么特别事的一个下午，见了一个老朋友，吃了一顿饭，买了一件衬衫，如此而已，但也奇怪，在这些年的回国经历中，却常常会莫名其妙地回想到那个下午，有时都对自己感到纳闷。

史迪芬·缪克集子中的《被中心了》一文，使我获得了一个新的视角。在文章的最后，作者写到他在一九九九年与德里达见面时的一段对话，其中也涉及有关中心的问题。德里达问他为什么要去澳大利亚的地理中心参加千禧年庆祝，史迪芬·缪克回答说：

"我想就是要有一点儿不一样吧。"

"不一样"，也可以用来概括我那个下午的经验。

在一个物质主义的社会里，购物中心是物质集中的场所，特别能凸现所谓的经济文化意义或价值，人的主体很容易在其中被建构和解构——纵然只是发生在一特定的时间段内，感受因此也就不一样了。在中心里，人们（主体）的构成各异，有真正意义上已经"富起来的人"，不过为时还不太长，还有更多开始或希望"富起来的人"，都需要这样的氛围来巩固、强化这样的主体意识。就像乔要远涉重洋来到安特曼群岛，在当地的土著中确立自己的白人身份。而我也要飞回到国内的中心，花四五倍的价钱，买一件据说是美国名牌的衬衫，自然，永华在一旁对我"衣锦还乡"的想象——本身也可以说是源自中国集体无意识中的一个原型——也有助于临时构造了一个不同的主体。归根结底，还是像史迪芬·缪克所调侃说的，"被中心"了。

如同前面提到的，虚构批评是在日常生活场景的叙述中展开的，现代或后现代理论读起来不再是那么枯燥、艰涩，因此很容易在读者身上引起反响和共鸣。这里，把我自己"被中心"的经验写下来，聊备一格，或许也能算是中国的虚构批评吧。

经过阳光经过雨

——悼也斯

第一次见到也斯，还在二十世纪八十年代中期。他来上海参加一段时间的沪港文化交流活动，我代表上海社会科学院文学所出面接待。这样的安排或许是因为我们相似的背景，都写诗，也都搞诗歌研究。我们确实也谈得相当投机。他送了我一叠诗歌明信片，说是诗集在香港难销售，必须想方设法来拓展市场，不过他对诗的前景却充满了信心。明信片中有一首诗写钟馗，运用了叶芝带人物面具抒情的手法，只是笔触更后现代一些，带一抹黑色嘲讽：似乎既然顶着这样一层打鬼的身份，心里再虚，也只能撑下去。我看了有一种异样的感触，仿佛是陪着堂吉诃德的感觉。

也斯回到香港，第二年写信来说香港大学要举行一个翻译会议，邀请我参加。我支支吾吾，因为上海社科院当时正在分房子，我得寸步不离盯着，只能推说时间晚了，恐难安排（当时去香港也确实不易，先要去外办办护照，去银行领出境外汇，还要等香港新华社政审通过后才能成行）。也斯却一再坚持，说一定要我去一起探讨诗与翻译，即使来晚了住不上宾馆，住他家也没关系。盛情难却，我在最后一分钟还是赶过去了。

翻译会议开得很成功，回想起来，给我印象更深刻的反而是那些天在也斯家中的一日三餐。先前我在诗中读到过他对食物的浓厚兴趣，此刻更切身体会到他怎样从实践到理论——经常还上升到后殖民、解构主义理论高度——又回旋成诗意。其中有一次是火锅盛宴，还来了另外几个年轻上海作家，其中有王安忆。八十年代上海的火锅还是所谓"表叔"级的，食料少得可怜，可也斯在铜锣湾家中的餐桌上摆满了鱼滑、对虾、牛丸、菌菇……在夹起的一片片食材、一行行诗中，在透明的玻璃火锅里翻腾，我们不禁惊呼，"不如面对空茫的回转/端看你投入的是什么东西/突出了自己也逐步溶化了自己/你我在热汤中浮沉"*。

不过，因为那一次去香港参加翻译会议，结果我没争取到上海地段较好的一间房子。这接着又引出了另一场意外：戏仿英国诗人奥顿的一行诗，或许可以说："诗歌还真能使一些事情发生。"

我还没来得及写信与他详谈那场戏剧性的意外，就动身赴美国做福特访问学者了。接下来又是一系列的阴差阳错，我在那里滞留了下来。八十年代末，电子邮件还只在极少数人中流行。要读书，要打工，又要带女儿，忙得不可开交，偶尔还能读到也斯依旧在香港诗坛那么活跃的消息，但无可奈何地渐渐相忘于江湖了。

于是，我像他笔下旅行的那枚苦瓜蓦然明白了："总有那么多不如意的事情/人间总有它的缺憾/苦瓜明白的。"

再一次见到也斯，到了本世纪初。那时，我已开始用英文写起了侦探小说，应邀去参加香港文学节活动。也斯得悉后立刻赶来酒店，我有些忐忑，自己与诗渐行渐远，怕看到他失望的神情。他却兴高采烈，还是那个乐呵呵的模样，说话中带着他特有的"哈"音，似乎一切就发生在昨天。谈诗，谈小说里的诗，也谈美食，兴冲冲要带喜欢美食的"陈探长"去体验岭南大学附近

---

* 文中所引的诗文，除特别注明外，均出自也斯的诗文集《东西》《蔬菜的政治》《后殖民食物与爱情》。

的盆菜，"狼狈的宋朝将军兵败后逃到此地/一个大木盆里吃渔民贮藏的余粮/围坐滩头进食无复昔日的钟鸣鼎食/远离京畿的辉煌而且乡民的野味"——《盆菜》。这一切，也许是出自老朋友重逢时的宽容，也许他自己是诗人，深知个中滋味而产生的宽容。

也斯经常去世界各地讲学，朗诵诗歌，全球性的诗歌不景气对他来说并不陌生。在当今的年代，社会越来越复杂，个体越来越支离破碎，现成或传统的诗意荡然无存，诗的读者越来越少，落入了一种尴尬的边缘化境地。在香港这样一个快节奏的现代商业化都市，他也许比其他人都深切感受到这多重挑战。为此，他可以说是用上了十八般兵器，在诗里写民俗，写饮食，写旅游，还因为他学院派的背景，写理论，写后现代哲学，把先前从未入诗的东西都驱入他的字里行间，知其不可为而为之，始终不改诗的初衷。他的《苏黎世的栗子》正是这样的一篇夫子自道。诗人洋洋洒洒地罗列了种种著名的，让游人（读者）们目不暇接的景物后，在结尾处笔锋悄悄一转："我在亭子里买了包栗子/壳脆肉甜像家乡的风物/我在这么多东西里只是/选择了一小包栗子，一颗/一颗地慢慢把它吃完了。"

在随后这些年里，我常去香港；也斯和我都是亚洲曼氏文学奖顾问委员会的成员，更多了见面的机会。只是文学奖的日程活动都安排得很紧，似乎始终未能谈（吃）得尽兴。

有一次，陆灏和我正好都在香港，正赶上台风季节，也斯依然兴冲冲地带我们走了出去领略街头美食，但雨势转大，只能匆忙折进香港公园，躲进一家茶室，要了茶就着烧卖聊他的"食诗"。此前我读过他与诗人罗贵祥的一篇谈话，说也斯写食物诗，借鉴中国传统的咏物诗，表现了诗人的心和物对话；不过那天也斯说他不一定把自己对世界的解释加诸物件上，也会沿着物性去体会经验主体与客体产生的后现代颠覆。他的诗论对我来说是涩了一些，但那个下午，在瓢泼的雨声中，喝到的茶却是我记忆中最好的一次。

有一次，我和妻子莉君与也斯在新加坡的文学节上相遇。我们各自都安排有好几场活动，只能在午餐时小聚聚（那天戴思杰也在，也跟着也斯去找后殖民主义丝袜奶茶配新加坡海南鸡），惯例要抢着找个理由来买单，抢得急了，我就抖出了当年香港翻译会议的后续话题。因为也斯促成的这次会议，我事后去中国银行补领出国外汇津贴，认识银行里的一个出纳，由她又认识了莉君。这是我先前没来得及告诉他的那场"奥顿"式意外，其中的阴差阳错，让戴思杰在一旁笑得前仰后合。还是也斯的《潮州蘸酱》一诗写得精彩，调侃地罗列了种种酱料与菜肴的奇妙组合，出人意料又恰到好处，接着拟人化腾挪："你是新采的芥菜吗？/你在我怀里腌成酸菜还是咸菜？/你变成了酸酸的大芥菜头/我是你上面的南姜粉/琵琶虾是虾姑娘/我用什么味道来配合你的朴素。"文字奇崛，写食物，又有食物的形而上学，变幻人生种种滋味而神奇。"各有前因各有各的因缘/不一定能配上/刚好配上/就没什么好说了。"

有一次，我们是提前讨论许久，说要在港岛好好"美食吟诗游"一番。确实也都安排了。只是，金庸先生临时约我在香格里拉酒店共进午餐，作为多年的"金粉"，我难免受宠若惊，自然也不能辞。也斯理解，耐心地等到酒店的午餐完了后，才带我开始出游。我们从中环走起，穿过大街小巷，他一路不停地介绍附近有特色的饭店、小吃店、大排档，到处都能引出意外的食经。如果说那天的"美食"冒险，因为长者赐饭在先稍受影响，"吟诗游"部分倒是一点儿没有打折扣。一家小店、一个拐角、一处摊头，也斯都侃侃而谈讲出文化、典故、历史、诗意，不让我入宝山而空回。我好像大部分时间只顾得上听，听得雾里云里。依稀记得自己曾提到说想编一本《陈探长诗选》，因为这样出版社才会考虑出版；也斯似乎颇赞许这样的异想天开，接着谈到了王道乾，说想收集他散失的诗，编一本集子。这又是一件让我很惭愧的事。有七八年的时间，王道乾先生与我在上海社科院外国文学室共事，对我在专业之外搞创作一直宽容、鼓励，现在却是由也斯提出了这个建议。（后来我曾找人打听了，许国亮兄也加入来帮忙，可诗集至今仍未编成，依然惭愧。）

不过，我们那天的"美食吟诗游"确实走到了一处意外幽静的角落，坐下来喝了啤酒，聊了很长一段时间。

许久以后，看到也斯的短篇小说集子《后殖民食物与爱情》。其中有一篇写到我们那天的诗游。只是他写得更虚构，更充满了栩栩如生的细节。或许我们的记忆都不那么可靠了，或许各自都有意识或潜意识的选择性，得互相印证。这里还是来摘录几段吧。

　　向东［名字得虚构，我理解，但为什么是"向东"，至今还是莫名其妙的］说："想起来，那是你请我吃第一顿美味的［港式］点心！"那是二十多年前，他第一次出来香港的故事了。

　　现在他稍胖了，时间给予大家许多意想不到的东西，包括这意外的重逢。我说我该好好请你吃一顿，他双手一摊："就可惜所有时间都被安排满了。"就喝个咖啡谈谈吧。在这酒店，他刚跟大师［金庸］吃过午饭。我看大师在赠书上客气的题字。书是好书，印刷精美……

　　向东送我他的新书。小说封面红色旗袍底下有古典素颜。另一本古典诗的翻译也印出来了……当年是艾略特的翻译者和诗人，现在是当红的侦探小说家。却又忘不了诗。陈探长在追查案件柳暗花明的进展当中，会停下来想到古典诗词的章句。

我现在变成陈探长的忠实拥趸了！……黄昏摊卧如麻醉在手术台上的病人，街道追随你犹如喋喋不休的争论。也许侦探小说和古诗比艾略特更有效地刻画今日的上海？朋友说抒情诗无法描述今日的变化……侦探小说好像比文艺小说更让我走进一个城市纵横的街巷。

向东的书我端在手里，不禁感叹："你好像终于找到一个最能表现你自己的形式了！"

"你的小说呢？"他记得二十年前的我。

"写不下去，放弃了！"他记得二十年前在我家中的一场盛宴，抱着我女儿玩的年轻女作者继续写出她的杰作，不断扩阔角度去写她的上海……

向东现在是见过世面的美食家。说到香港近年流行的私房菜，我说：可以带你到楼上看看。

鸿燊不在，伙计正提早吃晚饭，准备晚上的忙碌……

我们［于是］沿着嘉咸街走，走卑理街。我给向东介绍种种老铺：大珍酱园、有利腐乳、过去有炭炉自烧的合桃酥、鸡仔饼。卖菜的摊档摆到路上，新鲜的水果在你手边，跟不远处的欧陆式餐厅酒吧互相辉映，构成了这儿的特色……

我与向东走过街市，没有走上荷李活道，就右拐转入横巷。七一吧大概刚开门，还没有顾客。向东惊奇地发现在纵横街巷之间还有这样的空间，没有汽车经过的空间，便是个小公园，却不知为什么给封起来，用帆布遮了大半边，隐约还可见绿树。小巷另一头一些老人家聚在那里谈天下棋。

"这叫'七一吧'！"

"呵，挺主流的名字。"

老板娘不在。我想提起椅子在门外坐下来，店里的女孩说不成，要坐在店里，不知是什么原因，不知是不是旧楼上的住客埋怨他们太吵了。

不管怎样，我们妥协地坐在门边。

"来一杯啤酒吧。"

"这回让我请你!"向东争着付了账。

过了二十年后，有机会再一起喝一杯是好的……

一只黑兔窜过我们的脚边，真有点爱丽丝梦境的味道。

我们静静地坐在那里，看店里的女孩子拿着一小盆菠菜胡萝卜去铁丝网那边喂兔子。我好似在许多年前经历过这样的一个片刻。

不久以后，却听说也斯得了癌症。下一次香港文学节的活动，他未能正式参加，却还特意赶来我在山上的一场讲座。与往常一样，我们依然只是说着我们想一起做的事或至今还未做成的事，但我为他感到担心。

二〇一二年初，我应香港浸会大学邀请，参加该校中英文双语写作硕士课程的评审，也斯也是评审委员之一。他自己说在恢复中，给我带来他新出的诗文集，但身体看得出还相当弱。会议午餐前有一小时休息时间，于是接连两天，我们就在校园的咖啡厅里聊。我感觉到他的寂寞。他其实不断有新书问世，"黄色的辣椒/红色的辣椒/我会永远支持你/对抗平庸的口味"——《黄色的辣椒》，但在物质主义的包围中，难免会有些落寞、无奈。一位他曾帮助过的后进（如果我没记错，当年住也斯家里时，也出现在他家的火锅席上），现在已成了名嘴教授，更被通俗刊物评为香港最具魅力的男士之一，"却不知道有多少时间做文学研究"，也斯摇头说。也斯却依然故我，让寂寞的诗写着诗人。我想到他的《菜干》，不禁黯然。"要过了一个年头才好味道？/日子久了才变得金黄？/你说瘀青的身体里/真的曾有矫健的身体？/阿婆让我再喝你煮的汤/试尝里面可有日子的金黄？"

完成浸会大学的评审工作，离港返美前一天，我想去购买一些纪念品，但中途下起了雨，就折进了附近一家小公园。香港真是个有意思的城市，市中心的地段，寸土寸金，却依然能见到一片郁郁葱葱的公园。因为不是周末，天又下着雨，公园显得相当空寂。我找了个躲雨的亭子，想到几年前与也斯、陆灏有过一次类似的雨中经历。也在一个公园中。关于香港，也斯说过同样的话。突然又想到他的一首诗，《维也纳的爱与死》，"我们写诗/我们爱与被爱/我们的容貌/经过阳光经过雨/经过诗/一点点地改变/一尾蛇无声蜿蜒游过。"有一只兔子蹦蹦跳跳地掠过公园小径，消失了。一种不详的感觉留在草丛中。我脑中又稍稍改了几个字。"我们写诗/我们梦与被梦/我们的容貌/经过阳光经过雨/经过诗/一点点地改变/那只黑兔还在梦里掠过吗？"

"二十余年如一梦，此身虽在堪惊。"我们当年想象的现代汉语诗歌辉煌，现在依然可望而不可即，或更像《了不起的盖茨比》结尾处所描写的那样，岸上那盏绿灯朦胧闪烁，我们的种种努力只是逆水行舟，灯光越行越远。

哥哥晓伟与陈探长 *

　　二〇一四至二〇一五年之间，我在旧金山住了出乎意料长的一段时间。那里，不像在圣路易家中，可以成天在熟悉的电脑前写作，更多的时候，我喜欢坐在公寓的一个小园子里，离斯坦福大学很近，很静，独自看些书，想些事。五月的一个下午，我开始重读理查德·洛笛（Ricard Rorty）的《偶然性、反嘲、休戚与共》（Contingency, Irony, and Solidarity）一书，折叠小桌上放一杯龙井茶。书中一些段落读来很后现代，深刻又令人不安地捉摸不定，不过，周遭一片静寂，对晦涩的阅读也不无帮助。读累了，放下书，我听到树叶与花瓣在身边一阵阵窸窸窣窣落下。

　　在旧金山计划要做一些事，其中之一是要完成一部拖了很久的稿子，《成为陈探长》（Becoming Inspector Chen）。这是陈探长系列的第十本小说，内容回溯到主人公的童年、青年时代。书稿中不少章节已完成或部分完成，提纲也经一再修改，但在结构上却似乎总觉得聚不成一有机整体。

　　要建构狄更斯《大卫·科波菲尔》（David Copperfield）中麦考伯夫人（Mrs. Micawber）那样的扁平人物，用一句话来概括，"我永远不会抛弃麦考伯先生"，她便轻而易举地跃然纸上。可陈

---

　　* 去年年底，一直在赶《成为陈探长》一书的稿子，完工后好像意犹未尽，又想加写一篇类似后记的短文，但还在收尾时，接到上海来的微信，说哥哥晓伟于二〇一六年一月五日去世，谨以此文为念。

探长就不一样了。在他的大学年代，他梦想要成为一个诗人，却从未想过要做一个探长。而且，他身上更充满了当代中国社会转型中的冲突和矛盾。要让他演变、进入这样一个身份，就像帕斯捷尔纳克在《日瓦戈医生》书后那首《哈姆雷特》的诗中所写的，要把这样的角色扮演下去，不可能像"漫步走过田野"一般轻松容易。

去美国之前，在一首我自己最初用中文写的诗里有这样的句子："我理解，我理解，/但说到底，人只是/他选择所做的/一切的总和。"那些日子，我在读存在主义：作出选择，承担选择的后果，人就成了存在主义意义上的自我。但在中国的现实生活中，事情要远为复杂。就陈探长而言，选择可能是强加到他头上，不管他自己是如何不愿意，譬如八十年代大学毕业生的国家统一分配；也可以是他人所做的选择，却在不知不觉中对他产生了直接或间接的影响。

在《名利场》（*Vanity Fair*）的序言中，萨克雷（Thackeray）把作品中的人物比喻成由作者操纵的木偶；如果按这一观点，陈探长这个人物究竟怎样生成，其实没什么分析的必要。

碧绿的茶叶在杯子中悠闲地舒展，我无意一味耽于沉思冥想。不过，围绕这问题的想法像固执的苍蝇，我一挥手，嗡嗡飞去，一会儿却又飞回原地——也许上面还真有我看不到的一星糖渍。

接着，思路又延伸了开去，转到了上一次回上海探亲，哥哥晓伟向我所提的一个问题。这许多年以来，他一直住在南汇一家医院里，我从未告诉过他有关我在美国写作的情况，唯恐他担惊受怕。那次，他肯定是先在报纸上看到了我的消息。我脚刚踏进病房，他就问我："你怎么写起了侦探小说？"

更惊讶的是，我突然觉得他所问的其实很接近我在思考的：

陈超怎么成了陈探长？

那天，我未能给晓伟作出一个满意的答复。众多可能的线索突然间涌上脑海，仿佛一条漫长的因果链向往事的地平线闪烁伸展，一环扣一环地阴差阳错：譬如，在上海五官科医院里一个下午，眼蒙纱布的父亲还要在脖子上悬挂黑板，颤巍巍地接受革命大批判，我得在旁边支撑住他，仿佛一根人肉拐杖；一个外号叫"华侨"的中学同学，躲在亭子间里"自成一统"地煮"私家酸辣鳜鱼汤"，不闻不问窗下此起彼伏红卫兵的口号声；一通来自京郊宾馆的神秘电话，鬼使神差地在大学宿舍走廊里接听了、被监听了；掩映着紫禁城飞檐的暮色中，与一位亲爱的朋友分别，像分别在那首普鲁弗洛克的诗中……其中有好一些细节，在当时似乎与后来的发展毫无关联，却在此刻汇总到了一起。

于《成为陈探长》而言，也可以作如是观。

在晓伟的病床边，我可以指出这点或那点来答复他的问题，但内心深处却知道，没有单独的一点是令人信服、有足够概括性的回答。

说来难以置信，我怎样会选择去写陈探长，与晓伟其实也很有关系。"文革"中我所经历的最恐怖一夜，是在上海仁济医院的急救室里。在急救仪器中间，晓伟因为脑缺氧，开始说起了我当时想都不敢想的胡话——"'文革'毁了我。"我赶紧去捂他的嘴，怕他因此惹祸，他却咬了我的手，在无意识的黑暗中。自那个夜晚后，他从未真正恢复过来。

二十多年过去了，我把陈探长系列中《红旗袍》一书题词献给晓伟，"只是运气使然，'文化大革命'中晓伟所经历的一切灾难，本来也完全可能落到我的头上。"那一场整个民族的浩劫，至今仍是我的梦魇，我不得不动笔来写这本书。

从佛经的角度来讲，世间种种人事都源自因果注定，所谓一饮一啄，莫非前定。一个人对他人做的事，抑或反之亦然，都落入无所不在的因果。要再进一步扩展开去，就到了轮回，人因此投胎或不复投胎为人。只是，这不再在陈探长的诗歌或哲学所能理解的范围了。

用后现代主义的理论来讲，人的存在与生成在与他人的交错关联和互动中得以实现。这并非是在某个特定时间点上发生的变形，而是通过一个漫长的过程呈现出来，其中发生着种种人事交杂，在当时或者看不到关系，要到后来回顾时才可能渐渐明了。

这样看来，有关陈超怎么成了陈探长的问题，好像还真没有一个简单、容易、单一角度的答案，其中的复杂性就像我在医院里所面对晓伟的那个问题一样，两者其实是平行的。

我又捡起理查德·洛笛的书，在渐渐暗淡的光线中，读到下面这一段话："把其他人看成'我们中的一个'，而不是'外人'的过程，是要对我们自己不熟悉的人到底是什么样的人，努力去作出详尽描述，也是要对我们自己到底是什么样的人，重新试图作出描述……"

喝口茶，我抬头瞧见孤独的蓝鸟翅膀驮着坠落的夕阳。在静悄悄的院子里，一个下午已经过去了，落叶在小院子门前积成一堆。此情此景，又让我想起唐代诗人刘方平的句子，"寂寞空庭春欲晚，梨花满地不开门。"

或许，这其实是我那次去医院看晓伟时看到的一个意象。他病房的窗子外面应该有好几棵树，是不是梨树，记不清了，但他一定是孤独的，毕竟，我要一两年才能回去一次。

关于《成为陈探长》一书的结构问题，我似乎有了新的想法。

傅好文镜头中的上海

认识傅好文（Howard French），是因为他对上海这个城市的"情结"。如他在给我的一份电子邮件里说的，这也是我们共同的"情结"，在我的小说和诗歌里，在他给《纽约时报》和《国际先驱论坛报》撰写的文章里。不过，我接着又有新的发现：他的上海"情结"不仅仅洋溢在他的文字里，也在他的摄影中。

不久前，我在校看《红旗袍》的清样时，偶尔与他聊天时说起，就像福克纳因为窗外一个偶然意象，开始创作《愤怒与喧嚣》，"文革"年间，父亲的书柜里一本劫后余生的杂志里的老照片，在这许多年后，激发了我写《红旗袍》的冲动。他获悉后，立刻给我寄来了他许多关于上海的摄影作品。

我喜欢摄影，仅在业余意义上，他却可以算是专业，作品多次获奖，去年在德国办过个人摄影展，名为"消失中的上海"，最近还要在上海办有关这个城市的另一个摄影展。我很难从专业的角度说些什么，但他的作品确实给我带来一种诗意的震撼，就仿佛自己也给摄了进去，身临其境般地获得新的经验和观念。

从一种角度说，摄影也确有与诗歌相通的地方，都要在日常生活场景中发掘出打动人的一瞬间，镜头所在，意境所在。摄影者不可能像诗人那样直抒胸臆，只能通过镜头中的一切来激发读者（观众）相应的情感和思考，但他的摄影让我想到在八十年代翻译过的一本《意象派诗选》，该书就探讨了英美诗人怎样一反直接抒情，通过借鉴中国古典诗词，呈现客观、硬朗的意象，让读者在阅读的过程中进入具体经验，唤起相对应的情感、思想。

他给我寄来的照片中就有一张让我进入了这样的阅读过程。照片的标题是《不再下注了》，下面有一行短注说："经过了漫长一天后的麻将间。"

作品呈现出一间拥挤不堪，显然综合了厨房、客厅、饭厅功能的房间。居中一张麻将桌，麻将牌仍乱摊在桌上，旁边是放烟灰缸的茶几；前面一张饭桌，还搁着一缸子菜；左侧叠床加被似的堆放着冰箱、微波炉、茶壶，紧挨一张不再用来写字的写字桌；右侧竖一具老式移动楼梯，可以小心翼翼地爬到搭出来的小阁楼，阁楼墙上悬挂日光灯、黑底白字的电子钟，时针指着 5 点 47 分。灯光洒落在麻将桌上，成了整个画面的聚焦点，恰到好处地与朦胧的前景与后景形成对照。打麻将的人都已离去，桌上仅蹲着一只白猫。

这样的场景对打麻将的人来说，或许是司空见惯，没有什么特别的意义可言。典型的上海老里弄房子的一个场景，再普通不过的老百姓生活方式。只是在他对这个城市观照的角度中，在他快门按下的"决定性一瞬间"才发生意义——对我这个读者。

我这样说，因为我从小就是在这种老房子里长大的。家里其实可能还要拥挤一些，房间的功能除了客厅、饭厅，还要加上卧室，也只有一张桌子，兼顾写字、吃饭与接待客人，偶尔，人们也会在上面打牌。左邻右舍住房条件其实也都差不多，挤在公用厨房、客堂，大伙儿一起做饭、聊天，也会在过道里摆开餐桌、牌局。这里或许还有一个个人的原因。我在"病休青年"的日子里，一个朋友家里也有这样的一个阁楼。他白天上班的时候，空出来就让我躲进小楼里读书、打字；还真有好几个早晨，在爬上楼梯前，我看到了很像这张照片中的场景，虽然桌上摊着的是纸牌。

照片使我感到熟悉而又震动，倒也不仅仅因为怀旧，回想起来，还隐隐感到其中一种不同的生活方式和价值。或许，因为局限空间而密切的人间关系，因此有所谓的以沫相濡，还有，人们几乎何时何地都能在生活中发现、享受自己所能找到的欢乐，用孔子的话来说，"居陋巷不改其乐"，也算是上海曾经有过的一种精神吧。

傅好文所拍摄的其他许多照片，都体现了这样一种独特的城市文化：夏日傍晚，一家三口在街头露天用餐，甚至都没有一张桌子，只是圆凳、小凳、竹躺椅，三四岁的儿子坐在父母中间，其乐无穷；一位回收旧东西的工人，踩着三轮车穿过小街，一路吆喝，车前挂着一块几乎遮去他身子的大招牌，上面写着各种各样的回收项目；一个修理自行车的摊主，因为生意清淡，索性放平椅子，躺下身子看报，沉醉于种种关于汽车的新闻……

关于这一点，傅好文在柏林影展的《序言》中是这样写的："在上海，这些正迅速消失的居民区所最吸引我的地方，正是弥漫其中的亲密无间。这里的人们相互知道名字，愿意停下步子来谈一谈生活的痛苦和欢乐、季节的变迁、世代的更替。老人和孩子在这里受到大伙儿的照顾，人们在屋子吃饭，空气中混杂着上百家厨房的芳香。在街头，随时随地都会冒出小市场，人们可以买各种各样吃的东西。"

这里我所联想到的与镜头中所摄到的，相对应关系不一定是那么直接、精确。用读者反应理论说，人们自身经验各异，感受也难免不一样。傅好文的论述也许受到他"情结"的影响，有诗意化、浪漫化的倾向，不过，在美国，我确实也经常会这样想象上海。

上面提到的那张照片下面的注，或许也可以商榷。"漫长的一天后"，更准确说应该是"漫长的一夜后"。方城之战多在夜间展开，通宵达旦也属常见。这更可能是清晨五点三刻的场景。

不过再一想，照片的注也可能故意含混。麻将局夜以继日，要说成漫长的一天也有反讽在内。现代社会如此充满多样性和复杂性，摄影作品也不得不是多义性的。照片中意象层层叠叠，在似乎是无序的叠加中，更加丰富了内涵，诸多细节完全可以有不同的解释。在这一点上，也超越了早期英美意象派诗歌中意象单一的局限。

再看照片中的中心意象——麻将。我不会麻将，谈不上好恶。然而，对于不喜麻将的人来说，会有什么样的感受呢？曲终人散，打麻将的人已不在，却又在，在一夜的激情与挥霍之后，恰如"野渡无人舟自横"的意境。空寂中，仅有一只猫蹲在一切的输赢得失之上。

是的，使得这一切更生动起来的，就是麻将桌上的那只白猫。这是神来之笔。诚如布列松所说的，摄影不能干涉拍摄的对象，无法像写诗那样随意添加一笔。谁都没有办法让一只猫蹲在桌子上，静静面对镜头（尽管在作品构图、光影和角度的选择上摄影者加入了自己的观念）。这只是摄影者与被摄影的物体中间相互发现的一瞬间，偶然性的捕捉，无法干涉或复制。猫的神情神秘莫测，仿佛悠然自得，仿佛又有些懒慵，俯身在麻将残局上，俨然君临天下。凝视着，批判着，我们仿佛也融入了猫的视角：到底有什么意义呢？

关于他的摄影作品，傅好文在《纽约时报》一篇文章中这样写道："街坊里的人们曾多次问我，我拍摄他们的生活场景，目的是什么？是不是要显示阴暗面或嘲笑穷人？回答并不难，因为我是答复真诚的，所以常常为人们接受。我在你们的街头拍照，是因为你们生活方式中一些美好的东西。任何事物也许都不十全十美，但这是一个极其特殊的地方，而不用多久，这一切恐怕都会消失了。"

在上海的巨大变迁中，傅好文关注的并不是物质主义意义上的繁华时髦，而是在改革中正消逝的传统生活方式，尤其涉及这个城市的社会底层。这里，摄影作为一种历史文化记忆载体，也在思考当代城市生活方式与价值观的问题。通过他镜头中意象的选择和呈现，他摄影的作品唤起我们读者身上相对应的感受，进而获得观看世界以及观看我们自己的新视角。

或许像卞之琳先生当年对我上课时说的那样，要写诗歌评论，最好自己写诗。关于傅好文的摄影，我也只能作为一个非专业的读者，用较习惯的读诗方式写下自己的感觉。

不过，作为在他作品背景中生长起来的一个读者，我感谢他为上海摄下的这一切，因为"我们对这个城市和人民共同的热爱"。

艾略特的情诗与情史

说来惭愧，还是女儿去年年底突然发来的一通电子邮件，让我在陈探长的稿子堆中一惊而拔出身来，"你读了艾略特的情诗吗？"

对于艾略特的"情史"，我自以为还略知一二，只是"情诗"却好像难以和他联系起来。女儿常嘲我是艾略特的超级粉丝，她电子邮件中的问题，或许多少带有些挑逗的意味。

一九一五年，艾略特在英国写博士论文期间，与维芬·海渥特结婚。维芬聪颖、活泼，是诗人最早的崇拜者和支持者之一，但她体质较差，常苦于神经衰弱，为他们的婚姻生活蒙上了阴影。艾略特从未给她写过所谓的情诗；在近年出版的一些传记中，更有资料披露，早在他们的蜜月期间，维芬就抛下艾略特，独自与英国著名分析哲学家伯特兰·罗素去外地度假了。也难怪艾略特在《荒原》中对她颇有微词，诗中有一个神经质喋喋不休的女人，批评家一般都认为就是以维芬为原型的。

> "今夜我的神经很糟。是的，很糟。跟我在一起。/跟我说话。为什么你从不说话？说啊。/你在想什么？想什么？什么？/我从不知道你在想什么。想吧。"//我想我们在老鼠的小径里，/那里死人甚至失去了残骸。

维芬后来的健康状况每况愈下，于一九四七年在疯人院中病故。

艾略特为之写"情诗"的，因此只能是他第二个妻子法莱丽。据说还在少女时代，法莱丽第一次听到艾略特朗读诗歌，就发誓将来一定要到他身边去，为此她还专门去读了一处秘书学校，如愿成了他的秘书。接着在一九五七年，尽管两人有着近四十岁的年龄差距，更如愿成了他的妻子。她对他的关爱照顾无微不至，在哈佛大学的一次演讲中，他曾这样说过："倘若没有这段幸福满意的生活，无论什么样的成绩和荣誉都不能让我心满意足。"

晚年的艾略特为她写过一首题为《给我妻子的献词》，我曾翻译、收录在漓江版的《四个四重奏》中：

　　这是归你的——那飞跃的欢乐/使我们醒时的感觉更加敏锐/那欢欣的节奏统治睡时的安宁/合二为一的呼吸。//爱人们散发彼此气息的躯体/不需要语言就能想着同一的思想/不需要意义就说着同样的语言。//没有无情的严冬能冻僵/没有酷烈的赤道炎日能枯死/那是我们只是我们玫瑰园中的玫瑰。//但这篇献词是为了让其他人读的/只是公开地向你说着我的私房话。

不过，像这样公开地说的"私房话"，其实颇多传统浪漫主义意义上的抽象，实在看不到什么具体出格的地方。像女儿这样的年轻后现代读者，理应不至于大惊小怪。她电子邮件下面有几个链接，看上去像是连着几家英美报纸的有关评论。点进去一看，真是让我大吃了一惊。

二〇一五年底，美国霍普金斯大学出版社出版发行了两卷本新集注版的艾略特诗集，编注者是 Christopher Ricks 和 Jim Mc-Cue，两人都是当代艾略特研究领域中的权威。这次出版，是因为法莱丽在二〇一二年去世前曾作出安排，有一部分以前从未发表过的艾略特作品，一定要等到她身后三年才可以问世，所以两位编注者其实是赶了第一时间推出。从英美报刊评论中所摘录、引用的那些"情诗"片段来看，其风格、内容与诗人先前为人所熟悉的现代主义反抒情韵味截然不同。我于是赶紧上亚马逊网站下单订购。快递寄来厚厚两大本，*The Annotated Text*，*The Poems of T. S. Eliot*，*Volume I, Collected & Uncollected Poems*，*Volume II*，*Practical Cats & Further Verses*，足有两千页。先找了书评中所引的诗歌来看全文，读来确实很有颠覆性的感觉。

大约是十多年前，美国圣路易的电影院放映过一部名叫《汤姆与维芙》的电影。在诗人的故乡播诗人的电影，我自然无论如何不能缺席，硬拉着妻子去了。（出人意料，影院中除了我和妻子外，只有另一对中年夫妻，影片的基调很阴暗、沉闷，妻子看得大为抱怨，为此我还给罚了好几天家务。）影片的编导用一种明显带女权主义倾向的视角，把维芬塑造成具有非凡创作（潜）能力的女性，以至于艾略特最优秀的作品，似乎也都显得是在她的影响、帮助下才得以写出的，只是因为诗人丈夫的自私、冷酷，她才华才遭到扼杀，最后更导致她精神崩溃。类似的作品前两年还相当热门，如那部刻画艺术家罗丹情人的电影*Camille Calaudel*。倒不是我对这一路作品有什么偏见，但要把维芬说成是艾略特的牺牲品，却不能令人信服，至少编导者拿不出任何有力的证据。不过，影片中关于诗人在个人生活中乏味、不解风情的描述，倒与他作品以及一些批评文章中所呈现出的形象多少吻合。那位风流的哲学家伯特兰·罗素，在把蜜月里的维芬拉去度假就这样说过："她与艾略特结婚，目的是要把他刺激振作起来，结果却发现她自己做不到这点。显而易见，艾略特之所以结婚，也是为了要让自己受到刺激而振作起来。我想她很快会对他厌了。"不过，这也可能只是伯特兰·罗素使自己的行为合理化的辩护。

因此，在新诗集的"未收录的诗"那一部分中（其中有一些曾在其他集子中出现过，而那些先前从未出现过的，也有一部分是诗人的即兴、游戏之作，质量参差不齐，但大都没有太出色之处），最引起英美批评家注意的，自然就是诗人写给妻子法莱丽的"情诗"了。

一首题为《一位高个子姑娘的乳房》的诗，是这样展开的：

> 当我亲爱的姑娘站着，赤裸的身材高挑，/骄傲而充满欢乐，不因为自身的美貌，/而知道她美丽的魅力怎样/刺激我的欲望，我站在她面前，那肢体竖立/因为欲望的高涨战栗。/她的乳房成熟、丰满，/展现夏日的完美//……当我亲爱的姑娘站在我们的床边，/俯下身子，而我躺着看她，/她的双乳像成熟的梨子/晃动，在我凑近去采摘的/嘴上荡漾。

另一首诗歌题为《高个子姑娘怎样与我一起玩》，前面几段如下：

> 我爱一位高个子姑娘。当我们面对面站着，/她一丝不挂，我也一样；/她穿着高跟鞋，我光着脚，/乳头恰恰贴着对方的乳头，/又痒又热。因为她是高个子姑娘。//我爱一位高个子姑娘。当她坐在我的膝上，/她一丝不挂，我也一样，/我刚好把她的乳头含在唇间，/用舌头爱抚，因为她是高个子姑娘。//我爱一位高个子姑娘。当我们躺在床上，/她仰躺着，我在她身上伸展，/我们躯体的中间互相忙个不停，/我脚趾玩着她的，她舌尖逗着我的/所有的部位都幸福

无比。因为她是高个子姑娘。

类似的诗还有几首，不一一在这里翻译。多年前，在译介叶芝写给茅德·冈的爱情诗时，我曾在一篇文章中写过："不幸的爱情并不意味着诗歌的不幸。"对写出了《荒原》和《四个四重奏》的艾略特来说，同样如此。艾略特的嫂子特莱莎更这样说过："维芬把作为一个男人的艾略特给毁了，却让他成就为一个诗人。"只是，在艾略特生命最后几年中写成的这些"情诗"，恐怕得另作别论。诗人也许太幸福了，写出的诗与他早期作品相比，在现代主义感性上难免要逊色一些。但话说回来，在几乎是太迟才来临的爱情中，性情中人的"老汤姆"忘乎所以，说些溢出浪漫主义激情的私房话，也无可厚非。至于"情诗"问世后，评论家众说纷纭，诚所谓"身后是非谁管得"了。

至少，诗人在写这些诗歌时是幸福（性福）的。在此之前，确实也有不少论者煞费苦心，要从他"失败的性生活"或性趋向中，来寻找解读他诗歌奥秘的钥匙。有好几本批评专著甚至以此立论，相当牵强附会地考证、发挥。法莱丽后来因而不得不说："汤姆（在这方面）是可以的。"在这层意义上，上面所引的"情诗"也可以说是证据，对艾略特进一步的批评研究不无帮助。

对我来说还有更重要的一点，在这部新版诗集中，可以看到《荒原》从最初手稿到最终定稿的具体演变过程。美国一家出版社在一九七一年出版过法莱丽编注的《荒原》初稿版本，*The Waste Land: Facsimile and Manuscripts of the Original Drafts*。（这里应该提一下，诗人在一九六五年去世后，法莱丽即全身心投入他文稿、书信、资料的编辑工作。她不仅仅编注上面提到的《荒原》初稿版本，在一九八九年还编辑出版了第一卷艾略特书信集，*The*

Letters of T. S. Eliot: Volume 1, 1898—1922。不过，她所作出最具商业眼光的决定，一般认为是把他的诗集《老负鼠的能干群猫谱》签约授权给音乐剧改编，随即通过 Andrew Lloyd Webber 的音乐剧《猫》大获成功，她也得以用音乐剧版权收益创立了艾略特文学奖。）在二〇一五年这部集子中，有关《荒原》创作、版本，以及背景材料的收集、探讨都要比先前的版本更为详尽。

在写《荒原》前的一段日子里，艾略特的生活十分拮据，他写诗写批评，可还得在银行工作来维持生计，他与维芬婚后的关系更出现了危机。著名现代主义诗人艾兹拉·庞德和美国一位艺术资助者约翰·奎因曾私底下筹划给艾略特募一笔款子，使他能专心致志写作，但因故未果。一九二一年，维芬神经症状加剧，艾略特自己也身心交瘁，只能住进了瑞士一家疗养院，在那里写下了《荒原》的大部分初稿。出院后，他把未定稿交给了庞德，让后者提批评建议；同时，出于对奎因的感激，艾略特把手稿赠送给了他。奎因病逝后，这份手稿一度下落不明，到艾略特去世后才意外地重见天日。

从这本新版诗集中所收集到的手稿、片段及各方面的资料看，艾略特原拟为《荒原》这首诗取名《他用不同的声音做警察》。该名字出自狄更斯的小说《我们的共同朋友》，其中一个名叫斯劳毕的人物，擅长朗读、扮作不同人物而受人们的好评。诗人似乎是要以此来解释诗中种种不同声音集合，试图让看上去不成结构的结构因此得以成立。在初稿与定稿的比较中，诗人这一可能的企图尤为明显。在《荒原》初稿中，一开始就是一大段对波士敦下层社会生活的描写，篇幅长达五十四行：

你还记得那次跳完舞后/带上大礼帽，服装笔挺，我们和丝帽哈利，/老汤姆把我们带到后边，取出香槟，/还有他妻子老简，我们让乔唱歌/"我为我身上的爱尔兰血液自豪，/天下没有一个人可以对我胡说八道。"……

庞德以惊人的直觉对诗稿作了修改，把原来的这一段落大刀阔斧地删掉或移到后面，把下面从"四月是最残忍的月份，哺育着……"开始的那部分移到最前面，用一种不同的声音引出了"死者葬仪"，并对另外的章节也作了相当大幅度的编辑、改动。这样一来，《荒原》一诗通过不同的角度展开，同时综合人类学、神话、哲学、仪式、历史与当代的现实生活片断场景，更穿插着文化以及文学作品的互文性运用，呈现出独特的、充满现代主义感性的"空间形式"（spatial form）。这一概念由著名的美国批评家约瑟夫·弗兰克（Joseph Frank）提出，认为现代主义作品用一种虚构的同时性取代了传统的历史叙述的时序，其支离破碎片段不能按通常的时间排列结构来读，而是要在"空间形式"中形成一个有机的、延续性的整体。《荒原》正是"空间形式"最具典型意义的代表作。在这一点上，新版的诗集不仅仅为艾略特研究，也为现代主义诗歌理论与实践的研究，提供了重要的资料。

同样需要提一下，这部诗集另一大特色是详尽的集注，不仅仅有一般的文本注释，而且还深入到作品创作、发表的背景资料中，甚至包括诗人与其他诗人以及评论者之间的互动。不过，所有这些是要结合着艾略特的诗去细细研究的，在一篇书评中再怎么介绍，也不免挂一漏万。

英国《标准晚报》有一篇由 David Sexton 写的书评，高度评价这部艾略特诗歌集子："这是一座宝库，不仅仅就诗歌作品来说，就编辑的详尽注释而言，同样如此。"书评前有这样一小段引子："如果你还未能从头至尾细读一本书，写书评又有什么意义呢？也许只是告诉人们说这本书出版了，大致上描绘一番书中的内容：给人们带去这一信息而已。"确实，仅仅是要把这本新版艾略特诗集一字不漏地读一遍，没有几个月的时间恐怕也下不来，更不要说去翻译、研究了。不过，那些坚决不让陈探长退下来的出版社，肯定不会给他放这么长的假。因此，我在这里能做的，也只是向国内的读者传递有关集子出版的信息，夹杂着这些年在国外零零星星读艾略特的感受。这也真是说来惭愧。

风起，唯有努力生存

——悼陆谷孙先生

清晨收到友人发来的微信，告知陆谷孙先生去世的消息，难过之余，突然有点像法国诗人瓦莱里所说的那样，似乎是有诗创作前一种无以名状的节奏感，不停地在潜意识里转，但又不知道到底要说什么。接着，微信圈、微博圈关于陆先生的追思、追忆文字纷至沓来，相识的、不相识的都在转。

"桃李不言，下自成蹊"，这是人们引用得太多的套语了，但在这样的时刻，套语也成了人们努力把消逝的一切套在其中的可能。

这许多年来，我受益于陆先生良多，彼此交往的机会却不算多，踌躇一番后，还是觉得要把一些忘不掉的细节写下来。弱水三千，也不妨增我的一瓢吧。

我最早听到陆先生的名字，还是"文革"中在外滩公园自学英语的日子。我与几个同样年少气盛的"公园同学"，私底下排了一个"中国英语大家"谱，把陆先生排入"天罡"座次。但是我们这些待业青年，当时是没有机会走进复旦校园的，只能在想象中仰望"大家"。"文革"后八十年代初，我从中国社科院毕业，给分配到上海社科院，没想到是与陆先生在淮海路上同一座大楼里上班。他在辞典编辑组，我在文学研究所。说到底，那时自己还是年轻，一味忙着写诗译诗写评论，偶尔在社科院大楼走廊里见到陆先生，大多也是匆匆寒暄几句。不过时不时还是能读到陆先生的文章，还有关于他的文章，而且，几乎每天都要使用他主编的《英汉大词典》。到了一九八七年，社科院开始评高级职称，按规定需要有一位院外权威人士为我写推荐信，王道乾先生知道我与陆先生没什么特别关系，说不妨去找他试试，反正近水楼台也方便，不行再另找别人。于是我真就捧着一堆资料，冒昧地去找陆先生了，没想到他居然一口答应了下来。

关于这段经历，陆先生在一篇文章里是这样写的：

> 待裘小龙攻得硕士学位，分配到上海社会科学院工作，才有谋面机会，但因出处殊途，未成大好，只是从彼此发表的文章中认识对方。裘出国前找我写推荐信（这里陆先生记忆有误，应该是职称评定推荐信），捧着一大摞作品，碰着我这痴人居然是逐文逐书翻读一遍才动的笔。记得裘作中有剖析《呼啸山庄》现代主义成分一文，论前人虽有所感而未及就者，尤得我心。于是推荐信写得内容充实，言辞真切，非语涩意窘推辞不去的"遵命文学"可比。近读裘文，了解到"文革"期间他在上海外滩公园苦读英语的情景，格外感佩，当年如把此等阔远之志写入推荐信，自必更为生动。

我还记得这是职称评定推荐信，因为我当时是院部职称评定委员会委员，陆先生写的推荐信，竟阴错阳差地也送到了我手里。信确实写得"内容充实，言辞真切"，我尤其还记得陆先生特意提到，我的论文运用"马克思主义历史辩证观点"，对十九世纪现实主义中的现代主义成分，做了另辟蹊径的分析。在那个年代，我在文章里这样写，陆先生在信里这样评，应该说都是真诚的。

随后的职称评定相当顺利，我被"破格"评上副高级职称，陆先生的推荐信很可能是起作用的关键因素之一。不久，我获得福特基金会的奖金，去美国圣路易华盛顿大学做一年学术研究。我当时其实与陆先生的想法接近：去国外进修，回来在国内做事。只是，"人生不如意事十之八九"。一九八九年的夏天，我未能按原计划回国，为了保持身份。只能改而在那里读博士学位，同时开始用英文写作。大约是要到了二○○○年，我回上海时带了本在美国翻译出版的《中国古典爱情诗词选》，上海社科院出版社的编辑建议说在中国出一个版本，但最好要有一篇国内学者的序文，于是又想到了陆先生。

那些年还不怎么流行电子邮件，与陆先生早失去了联系。幸亏，我们一个共同的朋友在编《万象》杂志，陆先生常在上面发些文章，写得风趣横生、汪洋恣肆，但因为扎实的学问功底，又特别耐读，让我想到英国文学传统中，一身兼词典家与散文家的塞缪尔·约翰逊（Samuel Johnson）。我有时也为那本杂志写些东西，因此互相都还能知道对方的一些信息（上面引文中他提到我在外滩公园学英语的那段，记得就是发在那本杂志上的）。

就像当年的职称评定推荐信，《中国古典爱情诗词选》的序他也一口答应了。序文的一开始就说："如今此书要出大陆版了，小龙希望'大龙'（鄙人肖龙）做一篇短序，暌隔二十年后宴叙上海外滩金砣岛饭庄，此请不敢不从。"

"金砣岛饭庄"没错。是陆先生选的这一饭店，说是因为他从五角场过来，到外滩不用换车。我还记得，是因为当时颇有些不平：像他这样学术成就的学者，年纪也已大了，学校该给他配一辆车的。自然，他还是挤着公交车过来了。

序文没有空洞的客套文字，而是直截了当地对诗歌翻译作了客观的探讨：

译文最大的特点是直白，忠实于原文，力戒藻绘发挥，连"蜡炬成灰泪始干"一句中的"灰"字也照样译作"ashes"。大家知道蜡烛燃尽尽成烛油（wax）而并不化作灰烬，裴译虽悖生活原貌，却以"灰"字的各种凄惨联想尽显原诗情貌，不由得你不接受这种译法。五味虽甘，宁先稻黍，应当说把原诗的本体意象如是传达，对外国读者是尤为对路的译法，深受中国古诗意象激发灵感的 Ezra Pound 等大家也说过类似的话。反观坊间有些以译介中国古诗自诩的先生，动辄强作解人，冥识玄诠，又殚精竭虑，靡辞笔端，这样活译（有人称野译）出来的东西很容易失真走样，对于促进中外诗缘乃至文化交流不利。

陆先生文中关于"灰"与"烛油"比较，我先前也想过。就忠于原文而言，英文译成"烛油"定不错，却少了中诗中"本体意象"的联想。陆先生不是按词典中所能找到的字面定义，而是从文学批评中的互文性角度对此首肯，尤其难得，他关于 Ezra Pound 等意象派诗人侧重意象的写法、译法，也是一语中的。我后来还在一篇论文中引用了他的观点，论证诗歌语言的要点之一，就在于语言的引申或联想意义（connotation），而并非语言的字面意义（denotation）。

对我来说，序文中的最后一段更有着特别的意义：

我虽非世外闲人，但从本人刻骨铭心经历出发，参阅他人经验教训，对盟誓缱绻、爱如连理之类的佳话向有保留，近尤觉甚。在爱情诗选的序文里写上这么几句话，显属煞风景，愚意在于以读者身份表示一点期望：博学审问如裘小龙先生者，烹过小鲜，必有兴观群怨之大作，读后如凉水浇背，如醍醐灌顶，更能引得国际文坛瞩目，发生盛大，何其美哉。

作为爱情诗选的序，这样说是有煞风景的地方，但我受艾略特的影响深，理解陆先生为什么这样说。浪漫主义的抒情有时难免是滥情，有时甚至自欺欺人，于世事无大补。更重要的是，这引出了陆先生隐隐对我的失望，以及多少还存有的希望。他提醒我，这样一本译诗选充其量不过是小鲜，他期望着我能写出要有意义得多的作品，这对我来说，真有"凉水浇背，醍醐灌顶"般感觉。

于是下一次回国时，我带了陈探长系列中自己还感到满意的几本小说。不过，跟陆先生打电话时，心里还是忐忑。虽说这些书已被翻成二十多种文字，但毕竟属于类型小说，恐怕也不一定能入他的法眼。又是没想到，陆先生说在我前面，说在英文报刊中看到评论、介绍有关中国的作品时，几乎都要提到我，他其实甚感欣慰。他接着还为译诗选写的序文道歉，说是当时写得太快，不够满意。

在随后几次回国探亲或开会中，我时有机会见到陆先生，却一直未能有机会问他对我其他作品的评价。私底下又觉得这也有好处。在没有答案的悬念中，能一直逼着自己去写些好的作品，像他所期望的那样——"引得国际文坛瞩目"。

那些日子里，陆先生还兴致勃勃写起了微博。这些博文不仅仅体现了他在辞书编辑上的努力与成就，更显示出他是个真正充满人文关怀的公共知识分子。我读了甚至还有一种感觉，"文革"使他编起了词典，词典的编纂工作使他在"文革"中免受没顶之灾，后来更成了他学术生涯中最引人注目的成就，却未必一定就是他的初心。我于是成了他微博的忠实读者，他因种种原因一度"停博"，我跟帖呼吁："奈天下读者何？"他"复博"时，戏称"裘大侦探"也是他气急败坏的粉丝。也确实是。我当时在圣路易华盛顿大学人文中心兼任理事，要设一个公共知识分子奖，我就推荐了陆先生，因为他的《英汉大词典》，也因为他的微博，但由于他的谦逊不合作，也由于我的拉票努力不够，最后未果。

大约四五年前，我有一次去复旦讲课，他特地托一个同事来致歉，说他身体不是太好，无法过来听讲座。这自然又是他谦谦君子之处，但随后几次回国，我就犹豫着不敢去轻易打扰他了。好在时不时能在报刊上读到关于他的消息，觉得也不妨相忘于江湖而相望于江湖。今年年初回国，听朋友说他抱恙参加吴劳先生的葬礼，于是又拖了下来，打算到来年天气暖和时，再找机会聚聚……

从清晨到现在，记忆像不断翻开、令人眼花缭乱的书页，尽管其中那无以名状的节奏感还在盘旋，依然写不出自己的诗，只是想到了瓦莱里的《海滨墓园》中的几行：

> 这片平静的房顶上有白鸽荡漾，/透过松林和坟丛，悸动而闪亮。/公正的"中午"在那里用火焰织成，/大海，大海啊永远在重新开始。

确实，想到陆先生时，大海又在重新开始，我还得继续写下去，"风起，唯有努力生存"。

佛事、路易·威登

　　路易·威登集团最近刚出版了一本书，书封面呈现一个大写V字母中的两行法文：Volez Voguez Voyagez：Louis Vuitton，或许可译成"空中与海上的旅行：路易·威登"。顾名思义，应该与路易·威登的旅游产品有关，但这本书到底该称为路易·威登旅游箱包产品史，还是路易·威登旅游箱包产品目录，我还真说不上来。有一点却可以肯定，这不是一本能让你捧在手中随意翻阅的书。分量太沉了，足有十多磅，其中有七百多种不同规格设计的箱包的图片、照片、具体说明、工艺介绍、历史资料，以及一些与产品有关的逸闻趣事。书外面更套着一个盒子，看上去就像手提旅行箱，几可乱真。

　　这一类书在国外出版界中，通常称咖啡桌图书，大都印刷精美，配有许多图片，加上一些精短文字，让人们在客厅里捧一杯咖啡，随手翻上几页，有时也更像是客厅中的装饰品。但就是按此标准，《空中与海上的旅行：路易·威登》也精美得太奢侈了。至少我自己在翻阅这本书时，会格外小心翼翼，手上绝不会去捧一杯咖啡，万一打翻，玷污了书页，那就太可惜了。

　　这本书自然也会有读者：路易·威登品牌的消费者或崇拜者，在这个全球化的物质主义的年代，客厅放一本关于路易·威登品牌的图书，或许可以多少炫耀一下，展示出书的拥有者对这奢侈名牌的热爱和知识。不过，这品牌与我其实八竿子都打不到一起，无论在中国或美国，我都从未用过其任何产品，也不感兴趣。（好多年前，陪妻子去过次襄阳路商品市场，尽"上海男人"的义务，这大概是想得起来的唯一例外）。话说回来，在这越来越变得莫名其妙的全球化年代，什么都是可能的。

去年年初，路易·威登集团委托法国 Flammarion 出版社突然来向我约稿，要我为他们正编纂中的《空中与海上的旅行：路易·威登》写一篇稿子。我婉拒了。我缺乏这方面的专业知识，更对任何有商业广告之嫌的文字避之不及。但 Flammarion 的编辑柯莱特却不放弃，继续发来电子邮件，还附上有关的历史资料和图片供我参考，答应可让我自由发挥，不一定要刻意为路易·威登产品宣传、背书。这真让我感到为难了。我的"陈探长系列"在法国还算畅销，却不足以让路易·威登要借此做宣传。柯莱特自称是"陈探长系列"的粉丝，这样诚心诚意地约稿，我一定要坚拒，似乎也讲不过去。

那一阵子我正客居旧金山。晚间与我朋友李黎夫妇外出聚餐，聊起这两难处境。在他们看来，其中一个因素可能是我的书在法国有一大批读者，而陈探长的背书，或许会让他们去购买路易·威登产品，但还有一个更关键因素，很可能涉及挤满巴黎香榭丽舍大街的中国旅客/顾客。他们成群结队地购买像路易·威登这样的名牌包箱，对法国的旅游业和商业还真是做出了惊人贡献。说到底，在中国国内屡屡爆出造假丑闻后，在物质主义和消费主义成了社会的主流价值标准时，路易·威登毕竟还代表着一种让人认可的质量与象征，一大批先富起来的中国消费者趋之若鹜，也不是不能理解的。于是我这个来自中国的作家，也自然而然地成了路易·威登集团的征稿对象。

李黎夫妇倒是觉得我多虑了，说国内路易·威登的消费者要买总会买，我写不写，至少在这个意义上无关紧要，压根儿不用担心。他们还建议说，如果我能另辟蹊径，不去为广告立意，甚至反其道而行之，也未尝不可一试。李黎更开玩笑说，稿酬可以给我妻子买好几个真正的路易·威登包了。这说服了我。

我回家开始重新再读柯莱特给我寄来的有关历史资料，其中有一篇居然提到了一桩真实绑架案中的路易·威登旅行箱。曾有两个罪犯在芝加哥绑架一个富有的出版商，想把他装在一只路易·威登箱子里偷偷运走，他们的逻辑或许是：路易·威登箱子看上去让人不会怀疑他们的身份或行为。柯莱特脑海里到底是怎样异想天开地把陈探长与路易·威登想到了一起，我不知道。也许她要陈探长来破这个案子，但我肯定不想这样写。于是我试着"反其道而行之"，字里行间也似乎鬼使神差，不由自主地荒谬、挖苦、嘲讽得厉害，结果还真写成了一篇像小小说的东西，标题是《龙华寺中的路易·威登》。

匆匆写完，我估计柯莱特很可能不会用，但也并不怎么担心。至少我能对她说我已尽力。

柯莱特看了，第二天就出人意料地发来电子邮件，说她与编辑部的同事一致认为文章角度新颖、立意更是匪夷所思得恰到好处。接下来就是签约，然后很快就寄来的文字清样几乎没作改动。年初的时候，那本厚沉沉的《空中与海上的旅行：路易·威登》就挂号寄到了。

书既然到了，总要翻一翻。书确实编得像奢侈品牌的艺术品，精美的插图、插页、装帧让人目不暇接，文字内容也包罗万象，概括了路易·威登箱包产品的各个方面。不过，诚如我不是为这样一本书撰稿的合适人选，我同样也不合适写《空中与海上的旅行：路易·威登》的评论。但话说回来，这本书居然收了我这篇甚至可以说是"反宣传"的文字，也够另类了。将《龙华寺中的路易·威登》翻译出来，再加上一些背景介绍或诠释，或许有点像我朋友，澳大利亚批评家史迪芬·缪克（Stephen Muecke）擅长写的虚构书评（Fictocriticism）：

龙华寺中的路易·威登

在龙华寺的佛堂里，公安局的陈超探长一边对供桌上香烟萦绕、框黑框的照片鞠着躬，一边尴尬地发现自己成了人们的注意中心。今天，他助手俞警官的妻子佩庆在这里为她去世的父母举行佛事仪式，特地也邀请他来。按照通俗的迷信说法，逝者满百岁时，就要投胎转世，而寺庙里僧侣的念经祭奠，会使这跨越阴阳的旅程畅通无阻。佩庆这些年对他们的探案工作一直全力支持，他不得不来。

鞠完躬，他退入佛堂的一个角落，看几位中年妇女在另一端忙着把冥纸折成金银元宝，放入几个深棕色大箱子，堆在供桌旁，样子有点像人们出门携带的旅行箱。几年前他参加过一次类似的佛事，还记得那时候各色金银元宝装在红封袋里。眼前的箱子大约却是用纸板做成的，但看上去相当结实，档次也高，箱子表面有精致的花纹，似曾相识。诸如此类的升级换代也可以说是"与时俱进"，体现出"美丽新世界"中世故、体贴的考虑，要让另外一个世界中的搬运方便一些。

接着，涟萍也到了。她手中相机闪光灯一阵噼噼啪啪，让他的思路也眼花缭乱了。年轻、漂亮、时髦，她身穿低开领的黑连衣裙，胸前是一小块记者名牌，红丝绳悬挂着，更衬托出领口开叉处露出的霜雪肌肤。

她脚步轻盈地走向他，再一次让他成了注意力的中心。她张开双臂，亲热地拥抱他，尽管他们才认识了一两个星期。佛堂里顿时又漾起了一圈激动的窃窃低语。

"陈总探长要我来，我怎么能说不呢？"她对佩庆狡黠地一笑说，"我正在为我们报纸写一篇关于他的特写。今天在这里的照片会与文章一起刊发。"

她是不是会这么做，他还真说不上来。他们先前从未讨论过这样一篇特写文章，更不要说照片了。不过，龙华寺中的照片出现在报纸上的可能性，对这里的人来说显然有非同小可的意义。他身旁的窃窃低语似乎又激动起来。他于是不置可否。

随后，在两列和尚的一片念经声和木鱼声中，佩庆父母的百年往生佛事进入了高潮。

他、涟萍与其他人一起神情肃穆地随僧人走出佛堂，踏进外面院子。大伙儿伫立在一只大铜焚烧炉四周，捧起装满冥金银元宝的箱子，一只只小心翼翼地放了进去。

路易·威登！

他终于认出来了——颜色、花纹、格调。昂贵无比的世界名牌"路易·威登"的广告，他在报刊与电视中多次见过。先前在佛堂里，他也觉得箱子依稀有点面熟，原因即在此。

"像你这样的人，有名的现代派诗人，社会的精英，或许不需要名牌之类的玩意儿来支撑自己。"涟萍在他眼睛中读到困惑，继续往下说，"可其他的人就不同了。"

"可这些假箱子在这里是要奉献烧掉的。"

"可不是吗？自然或超自然的想象投射。在阴间，死者也可以享用在人世间不可能的顶级奢侈品牌，因此身价百倍。"

她目光还真是犀利。说到底，他自己来龙华寺参加佛事，不也是多少出于相同的考虑？就仿佛是要把他探长的奢侈身份或品牌"出借"给这个场合。

也许，也因为类似的考虑——哪怕只是在潜意识中一闪而过——他把今天的龙华寺佛事安排"顺口"告诉了她。于是她也来了，一个青春靓丽、光彩照人的记者陪着他，在龙华寺里"采访"。

在一大堆混乱的联想中，他想起他多年前曾读过的一个案例。上世纪初，美国两个罪犯在芝加哥企图绑架一位富有的出版商，阴谋把他塞进路易·威登大旅行箱中潜出旅馆。在他们的想象中，这样一件奢侈的行李绝不会让人起疑。不过，那出版商却还是意外地逃脱了。罪犯就擒，其中一个不走运的后来在狱中上吊自尽，案子所涉及的人与旅行箱的照片因此都登上了报纸。

涟萍的手轻轻触及他的手，火焰在路易·威登箱子上纵情狂舞。他们在一旁默默注视。刚才，她的评论听上去冷冰冰地尖刻，但此刻，她的指尖温暖、柔软，在一瞬间又把他带回到美丽的新世界。

"在路易·威登旅行箱里装满金银元宝，死也值了。"

《空中与海上的旅行：路易·威登》一书出版后，还真是巧或不巧，年初我真得去上海龙华寺做一场佛事。这些年我因为写陈探长系列小说常常回国，在国内与亲友们交往的新内容之一，是要参加他们在寺院里举办的佛事仪式。随着中国的经济改革开放，人们生活条件有了改善，做一场佛事寄托对逝者的思念，不少人也都消费得起。

那场佛事是为我前些日子去世的哥哥晓伟做的。关于晓伟在"文革"中的悲剧,我在新出版的《成为陈探长》的《引言》中写到了一段。(见本书《哥哥晓伟与陈探长》一篇)

> 说来难以置信,我怎样会选择去写陈探长,与晓伟其实也有关系。"文革"中我所经历的最恐怖一夜,应该是在上海仁济医院的急救室里,在急救仪器中间。晓伟因为脑缺氧,在那里说起了我当时想都不敢想的胡话——"'文革'毁了我!"我赶紧去捂他的嘴,怕他因此惹祸,他却咬了我的手,在无意识的黑暗中。自那个夜晚后,他从未真正恢复过来。二十多年过去了,我把陈探长系列中的《红旗袍》一书题词献给晓伟:"只是运气使然,'文革'中晓伟所经历的一切灾难,本来也完全可能落到我的头上。"那一场整个民族的浩劫,至今仍是我的梦魇,我不得不动笔来写。

我妹妹小虹根据我回国的日子,提前好多天就安排好了晓伟的佛事,这我自然是一定要参加的。

那天我也请了我朋友,耶鲁大学社会学系的 Deborah Davis(中文名字戴慧思)教授,一起来龙华寺。她是美国研究当代中国社会风俗习惯的权威,我们先前曾在华盛顿乔治城大学一场研讨会中讨论过有关的问题。做佛事的那个日子,Deborah Davis 正巧也在上海,我知道她的研究兴趣,就请她来做一番"实地调查",顺便转给她《龙华寺中的路易·威登》一文。她果然来了,还入乡随俗地带着传统的祭品(当然,这也给佛堂中我的亲戚朋友带来一阵窃窃私语)。佛事开始前,我妹妹给和尚发红包,觉得有必要对远道而来的美国教授解释,便说:"如果不给红包,就像一句老话中说的那样，'老和尚念经，有口无心'，佛事的功效可能就大打折扣了。"在她的中国社会学研究中，Deborah Davis 或许早就见怪不怪了，只是在一旁跟着鞠躬如也。

在龙华寺院子的焚烧炉里，我没有烧任何像路易·威登的箱子，而是烧了那篇写到晓伟"文革"遭遇的文章。在另外一个焚烧炉里，我却看到人们在焚烧纸糊的别墅，上面还写明高档小区名；纸做的超顶级名车，在美国都很难见到……人们在大雄宝殿佛寺中如此磕头拜佛，实在是充分体现了马克思在《资本论》中所阐述的商品拜物教。

那天晚上，Deborah Davis 看完那篇关于路易·威登的短篇小说后，给我发了一个电子邮件："编辑那路易·威登集子的出版社会选用你的文章，我丝毫不感到惊讶，惊讶的是物质主义的价值观在中国当代社会里已膨胀、泛滥到了如此地步。"

她是个有洞察力的学者，一语中的，因为我那篇文章侧重点正是对物质主义的嘲讽、批判。自然，什么事都可以从不同角度解读，从路易·威登集团的角度看，这小小说也可以证明，这名牌怎样在中国广受欢迎，甚至在这样一个难以想象的场合，因此理所当然地收到书中。

李黎又发来了一个电子邮件，就一句话："多半是你那篇太有创意的小说引发的。"下面附了英国《每日电讯报》一篇文章的链接，标题是《对人们在中国葬仪中使用纸制古驰（Gucci）品牌产品，古驰集团提出警告》。文章大意说，意大利的古驰集团注意到中国一些商店出售其品牌产品，虽然这些产品都是纸制的，在丧葬仪式中烧给死者在阴间使用（文章附了带古驰标记的手提包和皮鞋的照片）。古驰集团警告这些商店，要他们停止出售，因为这侵犯了品牌专利。

说这一警告是我那篇小小说引发的，李黎是太夸张了，从时间上来说也不可能，不过，却足以证明我小说中写的情形并非一味虚构。

在中国发生的事，写在中国发生的事，越来越让我想到《红楼梦》中的两行诗，"假作真时真亦假，无为有处有还无"。倒不是说写作需要或不需要真真假假、无中生有，只是现实中发生的事却似乎更多虚幻或虚构的感觉，而且还常是在一些意想不到的地方。真假有无之间，充满中国特色的阴错阳差、匪夷所思，确实，真实与虚构的界线在今天的中国越来越模糊，真实的批评也可以当作虚构作品来写，反之亦然，这也使我越来越倾向于写虚构批评。

第一次获得的自信——写作

"文化大革命"初期，中国大街小巷中，相当常见的一个场面是"红卫兵"或"造反队"对"阶级敌人"展开的"革命大批判"。

关于这一全国性的"革命行动"，其实并没有什么官方或权威的定义。首先，这与"批判"一词的本义有出入，其实更接近对批判对象的声讨、羞辱、污辱，目的是要"长无产阶级的志气，灭阶级敌人的威风"。"阶级敌人"的范畴也一直在变化中，在五六十年代，主要包括"地富反坏右"，"文革"开始后，新增了资本家、没改造好的资产阶级知识分子以及走资派。上述人等都属于无产阶级专政的对象。

"革命大批判"的通常形式是把阶级敌人押上临时搭起的批斗台（或画出的批斗区域），让他们低头认罪，有时还在脖子上套一块黑板，在上面写他们的名字再画掉，或戴一顶妖魔鬼怪似的纸糊高帽。像红卫兵或造反队这样的"革命群众组织"，在台上激情声讨他们的罪行，广大群众则在台下振臂高呼口号响应。刘少奇所经历过的这样一次革命大批判，就常被人们举例。他也挂了黑板，她夫人王光美在一旁陪斗，身穿一件撕碎的旗袍，脖子上围乒乓球做成的项链——旗袍和项链都象征着腐朽的资产阶级生活方式。在一浪接一浪的革命大批判高潮中，有不少人经受了难以想象的斗争方式，遭到毒打。

一九四九年前，我父亲有一家小香精厂；新中国成立后，按照毛泽东的阶级划分理论，他成了资本家，就成了阶级敌人，"文革"开始，他因此得在工厂里接受群众的革命大批判。起初，我并不太清楚他在单位里遭受的磨难。只是有一天晚上，他走回家时一条腿瘸了，第二天早上，脸上还发现了好几道伤痕，耳朵肿得像烂柿子。接下来的好几个夜里，家里其他人都在床上熟睡时，他还忙着写《认罪书》，在台灯下写了又改，改了又写。革命大批判最激烈的一段时间，他一星期要有三四次熬夜。

按照当时的说法，认罪书也是"文化大革命"中新发展起来的一个斗争形式。像我父亲这样的阶级敌人，必须连篇累牍地写检讨认罪，尤其要写他在新中国成立前怎样残酷剥削、欺压、压迫劳动人民，因此"罪该万死"。我琢磨这写起来理应不难，对他来说，其中的内容毕竟是太熟悉了。说来说去，他是剥削起家，靠着付工人的工资远比付他自己的要少——"剩余价值"——我刚在马克思的《资本论》里学到了这个词。

"文革"第三个年头初，父亲视网膜剥离，工厂革委会告诉他不要再来上班。他踏出厂门，不无松了一口大气。至少不用再在那儿挨批斗了。

这却立刻带来了另一个问题。在无产阶级专政的理论中，社会主义制度下的医疗福利只能由工人享受。父亲生病领不到工资，更不要提医疗保险。也是依据同样的理论，母亲作为资方家属的"编外工资"只是象征性的，远不够应付全家的开销。他还在回家的路上，就已做出了决定：他得尽快接受手术，恢复视力后回厂上班。

他托人想办法住进了上海五官科医院。动手术估计需一两天时间，接着一两个星期在家休息。视力一旦复原了，工厂革委会没理由不让他回去工作。

但那些日子里，医院中的情形远不是他想象的那样。一大批有经验的医生都被打成"黑帮"，失去了医治病人的资格，余下的忙着闹革命或写检讨，都顾不上那些等着做手术的病人。父亲住进了医院，看来也要等上一段时间。

父亲入院的第三天，里弄公用电话亭传来了一个通知："十七床家属立刻来医院参加革命大批判。""十七床"是父亲医院病房中的床位。署名是"驱虎豹——红卫兵"的通知，这顿时将全家投入了恐慌。

父亲怎么会在医院里遭到了麻烦？更糟的是，为什么家属立刻也要去呢？

母亲不久前刚精神崩溃了一次，哥哥晓伟长年瘫痪在床，妹妹小虹年龄还太小。家属代表显然不可能有其他人选，只能是我。想起那些有关家属在革命大批判中陪斗的故事，我顿时头痛欲裂。由于父亲黑九类的阶级成分，我早习惯被人叫作"黑崽子"，也不再梦想参加红卫兵、上大学，或找个好工作。如果说这些都是将来的忧虑，五官科医院的革命大批判却是迫在眼前。

母亲给我端来了一碗薄荷绿豆汤，还加了不少糖。她不用多说什么，我别无选择。这是我夏天最爱喝的，但喝下去对头痛毫无帮助。我极其不情愿地起身去医院。

一路上，挤在闷热的公交车中，就像挤在南翔小笼包的蒸笼中，我气喘吁吁，汗流浃背，不停地在猜想父亲医院中的麻烦的根源，却百思不得其解。按说，父亲厂里的红卫兵不知道他要动手术，不可能给医院里的人汇报。他也不至于这么笨，会在那里自报阶级成分。到医院下车时，我整个人已蔫了，还真有点像破了皮、汤汁快流尽的小笼包。

我没有去病房，而是一路直接去了五官科医院革命委员会的办公室。

原来，"驱虎豹"这一红卫兵组织，不是由医院的职工，而是由医院的病人们组成的。那些日子里，身为需要改造的"资产阶级知识分子"，医生们大多像泥菩萨过江，自身也时刻在没顶的危险中，无暇旁顾。"驱虎豹"响应毛泽东的号召宣告成立，满怀革命激情地要带领整个医院，在每一个可能触及的角落里，把"文化大革命"轰轰烈烈推向深入。

"驱虎豹"的司令姓黄，在隔壁病房三十五床。我赶紧走过去，看到他斜躺在病床上，紫色短袖汗衫戴红卫兵袖章，脖子围白纱布。据说，他患晚期食道癌，刚做了气管切割。

"我们党的政策历来是，就是对患病的阶级敌人，也要给予人道救治，但对一个始终不思悔改的人，情况就不一样了。你看看，你父亲写了什么样的认罪书？"黄司令神情激昂地说，嘶嘶的嗓音中带有一种金属的尖锐，把床头柜上的一团纸扔给我，"必须重写。他一定要在认罪书中深刻、彻底交代自己的罪行，否则他别想在这医院里得到任何治疗。在我们'驱虎豹'红卫兵的眼皮底下，他做梦都不要想蒙混过关！"

"你说得对，黄司令。"我匆忙说。在通常的情形中，一份认罪书写了再写，也不是什么大不了的事。父亲在厂里的认罪书就常给发回来重写，这我知道。可在医院里，如果黄司令坚持不让通过，就意味着不会有一个医生为父亲动手术。这么一来，他就得在医院中住上几个星期，甚至几个月。

家里早已陷入了经济危机，医院的费用更是雪上加霜。我甚至都不敢再想下去——

我不停点着头，仿佛上紧发条的机器人。羞耻感让人喘不过气来，我毕竟不是机器人，依然有自己的感觉。

"他非但没有忏悔他过去的罪恶，还要到处吹嘘、宣扬资产阶级生活方式。"黄司令嗓音又变了，现在像是从一根破钢管中吹出的哨声，"他必须得写一份全新的认罪书。"

"是的，我一定督促他狠狠触及灵魂。请让我再知道一些具体的细节，黄司令，我要让他挖进黑暗的内心，充分认识到自己罪恶的根源。"

"哼，他跟人吹牛，好像只有他一个人才知道怎样冲奶粉——还多亏了他在旧社会的奢侈生活。他算什么东西？居然敢看不起领导一切的工人阶级！"

警报声掠过脑海深处。在家里，父亲恰恰因为担心"宣扬资产阶级生活方式"，很少与我们谈他一九四九年以前的经历。因为他的"黑色"阶级成分，以及我们随后的"黑色"家庭背景，我和妹妹私底下都在抱怨，他更不愿意多说了，大多数时间像把自己裹在不出声的茧子里。只是到了"三年自然灾害"期间，他有一次实在饿糊涂了，情不自禁地说起四十年代中的一段经历。他那时在一家荷兰洋行上班，在旁边一个俄国餐馆包饭：一星期七天，丰盛的主食之外，还可以随时、随意喝牛奶，要喝多少就喝多少。倒并不一定都是新鲜牛奶，也时不时会见到一个金发女侍者在柜台后冲奶粉，但这听上去更有一种诱惑力。我听着简直觉得是走进了天方夜谭——我一年都喝不上一瓶牛奶。

不过，当我走到"十七床"前，吃惊地看到父亲眼睛上裹着白纱布——手术前已用了药。他摸索着，一再摸索着，却没抓住我的手，更不用说一支笔。我硬不起心去责备他什么了。

这许是黄司令为什么要"十七床"家属来医院参与大批判。我视线扫过隔壁病床的床头柜，上面放着半罐奶粉。

我倒吸一口气，向父亲问他怎样在医院中遇到麻烦的细节。

那些"革命"的日子里，奶粉成了罕见的奢侈，"十八床"运气好，搞到了一罐，但不知道怎样冲，结果冲得一团糟。父亲说起他在俄国餐馆中学的一个窍门：先用一点点冷水搅，再加开水调。这一窍门果然有用。"十八床"捧着调好的奶粉，与其他病友高谈阔论那难得的好滋味。消息很快传出病房。当天晚上，黄司令通过他阶级斗争的高度觉悟，开始着手调查这一阶级斗争新动向。

对我来说，更迫切的是怎样重写一份可以让黄司令接受的认罪书。在被退回来的那份中，父亲是书生气十足地从头说起。中学毕业，他就得去找份工作来帮助养家，在一家荷兰洋行做会计，可到了四十年代末，洋行突然倒闭，甚至都没付他遣散费，只给了一箱仓库里所剩下的香精。失业的父亲坐在石库门院子里发愁，翻来覆去地折腾着那箱香精原料。终于，他找来一堆旧瓶子，加水、加酒精、加他所能想象的各种试剂，还真鼓捣出了一小瓶香水。母亲蹲在青苔覆盖的水槽旁，满头大汗地给瓶子贴上一张"花露水"的标签。就这样，一家香精厂家宣告成立，在上海推出了一支"国人自创"的香水。

父亲在一九四九年前的这段经历，先前在家里从未与我们讲过。在病房里的那个下午，我还真是第一次听说。突然，我认识到认罪书中的问题——从黄司令的角度看到的问题。在这份叙述中，父亲仿佛成了境遇的牺牲品，换句话说，一个身不由己、偶然而成的资本家。

在十七床上，"资本家"父亲重新开始口述一份认罪书，我在一旁逐字逐句笔录。我听着、录着，笔在手心中出汗，却再也写不下去。

按他这样说法，父亲肯定还是通不过。绝望中，我想到我中学里的语文老师——同样也是在接受批判的"牛鬼蛇神"——在他的认罪大字报中，为了表示彻底悔悟，给自己加上红卫兵口号中的各种各样罪行，像个四川厨师在菜肴上大把大把地撒花椒：

> 我是黑心黑肺的黑帮，从头彻底烂到脚。我罪孽深重，只能让无产阶级踩在脚下，一辈子不得翻身。我嘲笑攻击劳动人民，真该千刀万剐……

如一句老话中所说的，死猪不怕开水烫——再怎么烫也不会重新死一次。如果依样画葫芦，在医院的认罪书中也如此这般堆砌一番，或许也可以置父亲于死地而后生呢？

自然，我在认罪书中也提到了奶粉这一段：

> 这是我年轻时就暴露出邪恶、贪婪、不可救药的倾向，一心追求资产阶级腐朽糜烂的生活方式。从一滴牛奶看世界，我最后成为罪不可赦的资本家，绝不是件偶然的事。

一小时后，我终于写出结论，打下最后的惊叹号，像舞台上激动的一跺脚，抬头听到病房喇叭中传出通知："十七床和家属立刻去医院大厅。"

在空荡荡大厅里，我一眼看到的就是刚拉起的一条红布横幅：医院革命群众大批判。果不其然，黄司令趁我在医院，不仅仅让父亲写了新的认罪书，还临时安排了一场批斗会，让我手牵着眼蒙纱布的父亲，从病房走到大厅来接受批判。

我战战兢兢地把认罪书交给黄司令，他看都没看一眼就塞进裤子口袋，做了个手势让我站在父亲旁，不准走开。一块黑板挂上了父亲胸前，上面写着他打了红叉的名字，分量相当重，把脖子都快压断了。他身旁还站着另外两个病人，低着头，胸前也各自挂着沉甸甸的黑板。

"低头向我们伟大领袖毛主席认罪！"黄司令嘶嘶地发出命令。

站在父亲旁，我的头也不由自主地低了下来，纵然脖子上没挂黑板。父亲虚弱的身子经不住羞辱与罪行的重压，很快就站不住了，看上去像快折断的芦苇，只能把手撑在我肩上。

我只能试图把自己想象成一根人肉拐杖，直挺挺的，一动不动，怎么都压不垮，没有任何思想或情感。只是，这一试图不那么成功。

在高呼一阵革命口号后，黄司令起身搬来一张椅子，身子有些僵硬地坐下，神情还是高度充满革命警惕，专注地听这些被批斗者自我检讨认罪。他自己倒是再没有吭声。也许，他喉咙不舒服。

在经历了我记忆中最漫长、最难熬的一个半小时后，我终于盼到黄司令一挥手，让我们走了。

我决定在父亲身边再留一会儿，估计认罪书还得改写，没必要回家去再赶回医院，太累。可那天晚上，一直到九点半左右，我依然未得到黄司令任何新的指示。我忐忑地离开了医院。

第二天早上仍然没有消息。中午时候，我又去里弄公用电话亭问。奇怪，医院里还是没有任何电话来。

第三天，里弄公用电话亭来了个电话留言：父亲正送入手术室，明天一早就可以出院回家。

不可思议，但显然，黄司令认可了认罪书，否则那里的医生是不可能给父亲动手术的。

这归功于我——我那份充满创意的认罪书，其中满是"文化大革命"的口号，把父亲批得体无完肤。

他对此其实一无所知。

我接着也想到其他一些可能性。或许，黄司令看到一个十岁刚出头的孩子哆哆嗦嗦站在挨斗的父亲旁，多少动了恻隐之心；或许，"驱虎豹"红卫兵又揪出了一个新的目标，或许，他自己的病情意外地恶化了……不管什么样的解释，在史无前例的"文化大革命"的滚滚浪涛中，一小杯奶粉的风波毕竟算不上太大的事。

"你真是完成了不可能的任务。"母亲说，这是个把一切荣誉都给予我的假设。

这也是我第一次获得自信心——怎样写作。

英文中难念的中文食经

还是在二十世纪末，刚开始用英文创作《红英之死》时，种种吃在上海的记忆便在字里行间不邀自来。我也乐见其来，觉得这可能会像普鲁斯特在《追忆似水年华》中那样，从一片小饼干带出记忆联想，对背景设在上海的小说多少有所助益。自然，还有个不得不承认的因素，在我居住的圣路易市，中餐馆都无可奈何地美国化了，平时禁不住要在想象中馋正宗的中国菜。在小说里写上几笔，似乎多少也可以给自己些许心理安慰，在另外一种语言中，在另外一个国家里。完全出乎意料，预期的满足反而成了很折腾的经历。倒不仅仅因为有些食物在美国见不到，或不为人欣赏，如鸡爪、臭豆腐、荠菜（在我邻居的后园里，他抗议说这是压根儿不能吃的杂草）。还因为中国饮食经验中的一些基本概念，在英文中是不存在的。

先说一说"鲜"字。这算得上是中国美食中至关重要的概念之一。从汉字的结构来看，由"鱼""羊"部首组合而成，在日常生活中却可用于所有的菜肴。在素餐馆里，人们能给出的最佳评价也是"鲜"。乍看上去，delicious是相应的英文字，但其实太泛泛，无法表达中国舌蕾特有的一种味觉。一个具体例子或能说明问题。我的美国朋友恰克受我影响，迷上了鸡汤阳春面。美国超市冰鸡熬出的汤不鲜，我想当然地加了些味精，恰克在一旁大惑不解。只是要向他解释什么是"鲜"，我花了九牛二虎之力，还是徒劳。英文中没有这个"鲜"字，对他来说，鸡汤已经够"好喝"

"可口""美味"（都可以译成 delicious），压根儿体验不到还要加味精来追求的鲜味。可对中国人的口味来说，"鲜"不可或缺，味精（msg—monosodium glutamate）因此得到普遍应用。要在烹调中产生有机的鲜味不容易，合成的味精成了便宜的替代，进入了大规模的生产，自然也进入了我的美国厨房。那么，是不是可以说是因为语言中特定词汇的存在，人们才去追求与之相应的经验？反之亦然，英文中找不到这个字，美国中餐馆为了招徕非华人顾客，经常还得要打出"no msg"的广告，让他们进来心安理得地用餐。

再举一个中文字，"麻"。对川味菜肴来说，麻必不可少，在英文中一般都译成"辣"（hot），但是麻并不是辣。如果要直译，麻在英文中有指舌头发麻的意思。因为陈探长系列，我还专门去请教过国内一位美食批评家，询问麻到底属于怎样不同的味觉范畴。他作出的定义是："麻得像成千上万的蚂蚁在舌尖上爬。"我结果还是没在小说里采用如此耸人听闻的描述，担心会把非华裔的读者吓走。尽管如此，这足以说明麻与辣是截然不同的味道。我在圣路易认识一个华裔厨师，更坚称麻是川菜真正的灵魂，每次回中国，一定要把正宗花椒从老家带出来，在美国海关遇到麻烦也在所不惜。我的问题却在于，英语中没这一词汇，又怎样能在小说中重现川菜的独特风味？

问题还不仅仅在于中菜的特殊口味。再举一个中国字，"馋"，在英语中同样找不到相对应的字。馋不是饿，而是指一种特殊的食欲味觉需求，能用作动词或形容词。中国传统文化中有不少著名例子。如晋代的张季鹰，他在京城身居高位，却因为馋家乡的鲈鱼，辞官回乡。他的馋成了名士风度——不愿为了名利束缚自己——在知识分子圈子中颇受赞扬。宋代的辛弃疾更在诗中说：

"休说鲈鱼堪脍，尽西风，季鹰归未。"毋庸置疑，"馋"在这样的语境中毫无负面意思，而象征着个人情趣的超脱追求，也可以说是刻意对政治保持距离。同样，在今天的上海，陈探长有时因为烦恼、幻灭，会馋上一番，有时深入案情也需要在杯盘交错中开拓人际关系。这与西班牙作家蒙塔尔般（Montalban）笔下的私家侦探卡法侯（Carvalho）有所不同，后者更多是伊壁鸠鲁式地纵情于口腹之欲，甚至上升到了一种存在主义的选择。英语中找不到"馋"字，陈探长身上带有传统文化印记的性格特点，又怎样能表达出来？

套用后现代主义的理论说，也可以说是语言在说人，而不是人在说语言。无相或众生相，说到底都是在语言之中。"鲜""麻""馋"等字，似乎也能如是说。探讨得更深一些，这不仅仅是语言学中能指的随意性问题。或许，在一种语言中所拥有的词汇意味着在这一语境中所拥有的可能经验，反之亦然，就像维特根斯坦所说的那样："我语言的局限意味着我世界的局限？"

且不论这是个先有鸡或先有蛋的问题；陈探长系列翻译成了二十多种语言，出版社要我往下写。让这位探长在仕途及个人生活中继续失意彷徨，在中餐馆里偶尔找一点点解脱，似乎成了他仅有的乐趣，我也实在不忍心剥夺。这不知不觉转化成"圆形人物"的有机组成部分。我也只能坚持着，在英语中尽力去描写那些几乎是描写不出来的中国珍肴美味。

在小说《红英之死》中，有一章写到俞警官与妻子佩庆请陈探长来家吃大闸蟹。蟹是上海餐桌上最有人气的河鲜，应该可以体现这城市的文化气氛，而且要写蟹，我琢磨着不会遇到什么问题。虽说蟹在美国并不像在中国那样受欢迎，但在餐馆和市场上还常能见到——雪蟹、蓝蟹、约那蟹（jonah crabs）——蟹总是蟹，不管具体叫什么名字。

　　但我立刻碰到了问题。对上海人来说，大闸蟹最美味的部分来自蟹黄蟹膏。在老城隍庙南翔馒头店，只要放上金黄的一丁点儿，就成了蟹粉小笼，价钱也得翻番。可说来惭愧，蟹黄蟹膏挂在嘴边说了这么长时间，自己却从没想到要去搞清楚到底是什么。在电脑前我的大脑短路，唯一能想起来的线索是"九雌十雄"。不得不查字典："蟹黄——雌蟹的卵巢和消化腺"，"蟹膏——雄蟹的精液与器官的集合"。倒抽口冷气再查一遍，还是如此。只是，把字词典中的定义生搬进小说里，令人馋涎欲滴的感觉顿时荡然无存。虽说胃口因此大受影响，我还硬着头皮把这一章写下去。

　　这是顿精美的晚餐，甚至可以说是蟹宴。在铺上桌布的桌子上，膏腴的大闸蟹在小蒸笼里姹红姹白。小铜槌闪烁在蓝白的碟子间。黄酒烫得恰到好处，在灯光下呈现淡淡的琥珀色。窗台上，一束菊花插在玻璃瓶里，也许已有两三天了，稍见清瘦，却依然风姿绰约。

　　"我真该带上佳能相机，好好拍一拍这餐桌、大闸蟹，还有菊花，"陈擦着手说，"这多像是从《红楼梦》里撕下来的一页插图。"

　　"你可是在说第二十八章？其中，宝玉与他姐妹们一起品蟹吟诗。"佩庆说，给庆庆把一条蟹腿肉挤了出来，"可惜，这不是大观园里的房间。"

　　"甚至都不像是在青浦大观园里。"俞高兴地想到他们前些天刚去过青浦大观园，"不过我们的陈探长可是名副其实的诗人。他会给我们吟诗。"

　　"千万别让我吟什么东西，"陈说，"我现在嘴里塞满了蟹，这比诗可要强得多。"

"蟹还没有真正进入季节。"佩庆抱歉说。

"不，味道好得不得了。"

陈显然十分欣赏佩庆的厨艺，尤其是特制的紫苏调料，不一会儿就用了一小碟。他食完一只雌蟹的蟹黄（在英文中只能是"雌蟹的卵巢和消化腺"），满意地叹了口气。

"宋代诗人苏东坡有一次感慨，'但愿有蟹无监酒'。"

"宋代的监酒？"庆庆第一次插嘴提问，显示出他对历史的浓厚兴趣。

"监酒是十五世纪时期的小官，"陈说，"只在正式的宴会和喜庆场合中，对其他官员的行为负责……"

（饭后）俞警官与佩庆把陈送到汽车站。陈向他们一再感谢后上了车。

"今天晚上一切都还好吧？"佩庆说，挽起俞的胳膊。

"都好，"他心不在焉地说，"一切都好。"

但并不一切都如此。

他吻着她的后脖子，内心对这个晚上充满感激。

"上床去，"她微笑着说，"我一会儿就过来……"

她终于来到床上，躺入毯子下面。她把身子轻轻移近，把枕头挪到一个更舒适的位置，他未感到任何惊讶，手伸进她敞开的睡衣，试探地抚摸着她平滑的小腹。她躯体可以觉察到有些发热，他把她的腿贴紧他自己的腿，她抬头看了他一眼，眼睛像镜子般映出他所期待的反应。

他们不想吵醒庆庆。

他压低呼吸，努力不在动作中发出声响，她尽力配合着他。

后来，他们紧紧相拥了很长一段时间……

在他入睡前，仿佛有轻轻的声音从门边传来。他躺着听了一会儿才想起，还有几只没蒸的活蟹留在木桶里，在铺着芝麻的桶底不再窸窸窣窣爬动，只是吐着泡沫，在黑暗中用蟹沫相互滋润。

我没有纠缠于蟹黄蟹膏，而是拐弯抹角地烘托气氛（又套用维特根斯坦的范式，"凡是不能说的就绕过不说"），引用苏东坡、《红楼梦》，再加上李清照、庄子等互文性发挥。结果似乎还差强人意。好几篇国外的书评对此都作了正面评价，说晚餐场景既有异国情调，又充满象征意味。在巴黎百货中心的美食广场旁，一个年轻的法国女演员也特意挑了这一段为读者朗读。但在一位香港诗人朋友的评价中，尽管黑暗中蟹沫相互滋润的比喻还不错（他知道这是从庄子"以沫相濡"的典故转来），试图写出大闸蟹美味的努力却并不成功。"这多少像是隔靴搔痒。"他这样批评说，我完全能理解。大闸蟹万千宠爱在一身，中文中已说了写了这许多，都快形成了一种独特的蟹语言体系，其中有历史文化联想沉淀、积累。用英文来写，难以唤起中国人舌蕾上的美味想象。

倒也并非所有的读者、编辑都觉得这是什么问题，对东方的美食（侦探）反响还相当热烈，德国出版社甚至建议我写一本书——《吃在上海》，要我从美国过来，花一个月时间在上海各个餐馆吃个够，费用皆由他们支付。我说我不能说德文，他们说没关系，书的具体写作可以由我的德国合作者执笔，我所要做的只是吃——与她边吃边聊。这一提议太诱人了，我无法拒绝。可以想象，我不会与她聊什么蟹黄蟹膏。不过我还真把她带去了老城隍庙品尝蟹粉小笼。她一边吃，一边记，十分认真，十分喜欢，却并未问我小笼包中又黄又红的究竟是什么东西。《吃在上海》出版后颇受欢迎，还出了光盘，更让德国一家旅行社组织了"跟陈探长去上海"的旅游项目，活动内容自然包括到书中提及的一些餐馆用餐。

"燕然未勒归无计"，我只能继续用英语写陈探长系列，随着书中主人公聊解莼鲈之思。我让他在馋太湖三白时候入一件案子（《别哭泣，太湖》），而在另一件案子中（《上海救赎》），他是在享用苏州面点的一刻取得了关键突破……自然，上海的众多美食更是一定要登场的，这也成了我经常回国的一个理由。

去年有一次回上海，就着宾馆的早茶读《上海书评》，读到一篇是沈宏非先生写的《比上班还要痛苦的酷刑》。文章写得风趣盎然，引人入胜。餐桌上没有酒，不然真要浮一大白。

去年秋天，在外滩某餐厅和一个法国人同桌，这位仁兄来华多年，娶了中国太太，却连一句中国话也不会，哪怕是 Pillow Chinese。但是，这显然丝毫也不妨碍他对中国太太和上海大闸蟹的热爱。其研究之细，技术之精，吐纳之熟，绝不输"本帮"上海人……要知道，能像上海人一样吃大闸蟹，对老外来说，相当于一个中国人在英语专业八级考试拿了满分然后于 2000 年移民美国接着在 2012 年当上了美利坚合众国的"大总统"。然而话虽如此，聊着聊着，逐渐地就觉得越聊越不会聊了；说着说着，终究还是察觉出有些不对味了。盖因用普通话谈大闸蟹，已觉到喉不到肺（相关专有名词，必须说吴话才到位），用英语谈，就更不舒服了，那感觉，就是用刀叉吃大闸蟹还戴着手套——这一切，都怪他在揭开第二只蟹盖之前认真地问了一句："hairy crab, do you prefer male or female?"

呃……好吧，这个这个，hairy crab，我当然更爱雄的、公的、男的、male 的，尤其是在 11 月。至于 October 嘛，我就比较 prefer female 了。（坏了，"九雌十雄"英语要怎么说？）但是，male or female？ 这个"比上班还要痛苦的语言酷刑"，从语境到情境，还是强劲地将我当场击倒，并且带我准确地、无缝地从餐桌瞬间穿越到了某座公厕的大门口。

沈宏非先生受如此折磨，仿佛一种语言中的所指与另一种语言中的能指在他的身体中脱臼——痛苦地断裂在联想延伸意义的层面上。这篇文章读上去有点像新历史主义批评前通常会引用的一则逸事，虽说随后并没有展开太多的理论探讨，却依然发人思想。在这里可以生动看到，不同的语言能怎样影响人们的行为反应。那些中、英文字面上毫无歧义的词语，一旦被使用在大闸蟹的语境里，就让味觉、语感、联想都分外敏锐的沈宏非先生感到不胜痛苦，狼狈逃席而去，一头栽进了公厕。

沿着沈宏非先生思路往下说，可以说这因为词语是在两个层面上发生意义，字面层面和联想延伸层面。（我这样说，与其说是我对语言学有什么研究，还不如说是自己还在中、英文中写诗译诗，因此在这方面非得加以注意不可。）字面意义，一般指在词典中能找到的定义，"hairy"只是"hair"的形容词，仅此而已；不过在联想延伸层面上，就有了超越字面的联想和情感，对说者和听者都带来具有感性的冲击。（中文中固然也有"毛蟹"一词，但仅限于用于这一特定组合。）英文中的"hairy"翻译到了中文中，则就有"长满了毛""毛茸茸"的意思，在餐桌上不管怎样联想开去，都难免要倒胃口。至于"male or female"，固然可以译成"公的、母的""雄的、雌的"（中文在"蟹语言体系"中特定的词序必须是"雌雄"），而现在这样听上去，更多的是生物学的意味。

而且，正如沈宏非先生所说的那样，大闸蟹在长江以南最具人气；在吴语中已经沉淀、积累出一种大闸蟹语言体系或形态，在餐桌上用这一方言品蟹能带来种种美味联想。普通话或其他北方方言相比之下就远为逊色，用英语来说则成了灾难。"即便内心和口腔的欲望再强烈，语言上的隔阂，还是会使这种欲望大打折扣。中国味道能带来的各种感受，只有用汉语才能予以领会和表达。"面对像沈宏非先生那样富于语言感性的中国美食家，法国食客要用英语来念大闸蟹经，实在是不可能的使命。文章中的反应或许有些夸张，但在这特定的环境中，那些英语词汇所引发的负面情感却是实实在在的。

我对沈文产生共鸣，也恰恰因为自己这些年大部分时间都生活在美国，又在英文中写着中国故事，在两种文化语言体系中转换折腾，不时有像"痛苦的酷刑"感觉。在上面提到的《红英之死》中，我其实遇到了同样的蟹问题，把"蟹黄""蟹膏"直接移译过去，在英文的联想延伸层面上，势必倒胃口，但还是不得不写。这常常让我苦思而不得其解。

这里，或许可以参考美国语言学家沃尔夫（Benjamin Lee Whorf）所提出的"语言相对论"。按照他的理论，每一种语言都有独特的模式和形态，不同的语言结构会对该语言的使用者在认知的过程中起到框架似的作用，导致人们用不同的方法去观照世界，从而产生不同的认识。在这一意义上，语言不仅仅是思维的工具，同时也强烈地影响和制约着思维。在沃尔夫之前，德国学者洪堡特（Wilhelm von Humboldt），也在《论人类语言建构的差异及其对人类思想发展的影响》（*On the Diversity of Human Language Construction and its Influence on the Mental Development of the Human Species*）中指出，世界观的形成要通过语言实现，而不同语言的内在结构为人们展现出来的世界是不同的。上面有关大闸蟹的例子，可以在一定程度上印证这些假设。因为中文中特有的词汇，或者说是在特定的大闸蟹语境中，人们作出相应的反应；然而，到了其他的语言里，因为缺乏这些词汇，或有着不同的联想延伸意义，人们不同的反应也就自然出现了。在文化意识层面上，这还多少涉及瑞士心理学家荣格（Carl Jung）所讲的集体无意识与原型，只是在不同的文化建构中，原型却是通过不同的语言形态来对使用该语言的个体产生独特的作用。

在沃尔夫"语言相对论"的后续发展中，可看到两个稍有不同的版本。在第一个版本中，语言被看成是决定思想和认知范畴的，而在第二个版本中，语言则被视作是在一定程度上影响思想以及一些非语言范畴的行为。我比较倾向于后者。还是在华盛顿大学写论文时，我读过一本名为《西方世界的爱情》的论著，按照作者 De Roguemont 的观点，最初其实没有所谓浪漫主义爱情这么一回事，是十二世纪的法国游吟诗人在诗歌语言中创造的，随之在西方世界风行起来。"语言说人"或许不无道理，但"君子好逑"却是在《诗经》之前早已"关关雎鸠"了。更何况，在这全球化的时代里，语言本身也在不断受到影响，产生变化的过程中。

也是在一些年前，那时尚未开始写陈探长系列，我去加州度假。美国主人盛情款待，我自告奋勇地要烧一顿中国餐。兴冲冲去当地超市采购，我向售货员打听晚餐所需的豆腐，但他看着我直眨眼，对我的问题莫名其妙。急了，我中英文夹杂着混说，"*Bean curd*，豆腐（tofu, doufu）——""你早就该这样说了。"他径直把我带到豆腐货架旁，一边对我可怜的英语摇头。这些年后，"bean curd"在今天的汉英字典中依然可以找到，也应该说没错，但在其联想意义上，又成了另一回事。就此而言，还可以再举个例子，dim sum，这一中文（广东话）拼音在美国已变成人们所接受的英语词汇，一起连带着所有的美味联想。如果硬要在英文中直译"早茶"，反而费解，至少难以让人食指大动。长此以往，说不定哪一天"麻"和"鲜"（*ma and xian*）也会正式出现在英语中。不久前，至少在纽约中餐馆的菜单中，我就已看到了"Ma La Tofu"。只是，诸如此类的语言转移转化现象，已超出了陈探长所要勘查的范围。

叶芝、杨宪益、"1916 年复活节"

　　年初意外地去成都参加一个学术会议，四川文艺出版社的编辑要我在当地的老书虫书店顺便搞个活动，配合叶芝译诗选《丽达与天鹅》的出版宣传。还琢磨着要在活动中念什么诗，北京外文出版社发来了一份电子邮件，说我前几年在国外翻译的中国古典诗词，刚列入了他们的出版计划。

　　于是与四川文艺社的编辑商定，在书店活动中选读两首叶芝的诗。其中一首《当你老了》，不需要多讨论，在微信微博爱情时代几乎成了想当然的选择；但还选读另一首，《1916 年复活节》。

　　这同样是首感人至深的名诗，背景是爱尔兰在争取民族自治运动中的 1916 年复活节起义。起义失败后，参加者遭镇压，一些人献出了生命。在起事之前，叶芝其实持一定的保留态度，因为他觉得或许没必要走武力极端。一旦消息传来，他还是激情难抑地提起了笔。

　　诗基调先抑后扬，叶芝开篇很低调地说，他与他所认识的几个起义举事者不过是泛泛之交，早先彼此也只说过些"客套而无意义的话"，因为他知道，说到底，"因为我相信，我们都不过是/生活在身穿小丑彩衣的场所中"，这样就在传统的浪漫主义抒情中，掺入了现代主义的反英雄色彩。第二节进一步刻画了这几个远非高大完美的人物，其中还包括了叶芝所痛恨的麦克布莱德，他娶了诗人终身眷恋的茅德·冈（也就是《当你老了》一诗中，诗人念念不忘的"那朝圣者的灵魂"），却对她做出了"最恶劣的行为"。

然而，在他们投身起义的一刻，甚至连麦克布莱德，"也从那漫不经心的喜剧里/辞去了他所扮演的角色"。因为在这样一个时代的悲剧中，他们"变了，彻头彻尾变了：/一种可怕的美已经诞生"。

在谈了"变"后，诗下面两节展开去谈"不变"。"许多颗心只抱一个宗旨，/经过了夏天，经过了冬天，/仿佛给魔法变为一块岩石，/要把那生命的溪流扰乱"……这是他们矢志不渝、为之献身的理念。尽管周遭的一切始终在不停地"变"——马蹄飞奔溅水、松鸡咯咯地叫，云朵变幻不停——在这些意象的反衬中，诗又折回到不变的"岩石"。"一种牺牲太长久了，/能把心变为一块岩石。/噢，什么时候才算个够？/这是天国的本分，我们的，/是喃喃念一个又一个名字……"

诗人感叹他仅仅只能做这一点，"就像母亲给她孩子起各种名字"，可他却感人至深地把这一切变成了诗。

当代苏格兰诗人绍利·麦克兰在题为《叶芝墓前》的一首诗中写过，"你得到了机会，威廉，/运用你语言的机会，/因为勇士和美人/在你身旁竖起了旗杆"。这里，"勇士"指投身爱尔兰自治运动的志士仁人，"美人"则是茅德·冈。因为他们在背景中，诗人的抒情逾越了个人际遇的层面，融入了整个民族"英雄悲剧"的高度。《1916 年复活节》完美体现了这一点。

不过我选这首诗，还有一个自己的理由，许多年前就已有了的一个理由。

因为杨宪益先生。

因为在这一刻，四川文艺社的活动与北京外文社的来信，似乎鬼使神差地凑到一起，让我又想起了杨先生。

生活中确实也充满了数不胜数的"阴错阳差"，让人不能自已。在一本英文小说中，我把这古老的中国成语译成了"错置了阴阳的因果"，还引用了冯至先生的几行诗："哪条路，哪道水，没有关联；/哪阵风，哪片云，没有呼应，/我们走过的城市、山川/都化成了我们的生命。"后面两行或许也可以稍稍改一下："我们遇到的一个个人，/都塑成了我们的生命。"杨先生正是其中重要的一个。

我第一次读到杨先生的翻译作品，远在三四十年前。在"文革"后期，在上海福州路的外文书店中，除了一片红海洋似的《毛泽东诗词英译》，唯一所能找到的文学作品（英文版），就是杨先生与戴乃迭先生翻译的《鲁迅作品选》。

那些日子我在外滩公园和人民公园自学英语，苦于找不到原版作品，就把他们的译本用作许国璋课本外的唯一精读。他们的翻译确实生动、传神，在英译中读鲁迅，有时甚至会有意外的领悟，就我自己而言，也可以说是借此走近了鲁迅。

稍后一些日子，我又从意想不到的途径，听到了关于杨宪益先生的一些消息。在人民公园，有一位年逾古稀的孙姓老太太，她在一次晨练时偶然看到我在自学英语，过几天就悄悄借给了我几本原版书籍，其中包括萨克雷的《名利场》，托尔斯泰的《战争与和平》（如果我没搞错的话，她的名字应该是孙可琼，因为书的扉页上有"孙可琼购于上海"几个字，可能是她当年购买时随笔记下）。

不多久，我们也自然而然地谈到了杨先生的中国文学翻译。孙老太太让我大吃一惊，说她曾与杨先生在重庆北碚国立编译馆共事过。

她更主动提议，说要为我这个"好小人"给杨先生写封推荐信，希望他能在百忙中给我一些帮助。对于我来说，杨先生简直是奥林匹斯山上的人物，我几乎不能相信自己的运气。

在尼克松总统访华后，英语学习不再是那么政治不正确了，尽管上海人民电台英语学习节目开播前，一定还是要先放一段红色革命歌曲，"东方吹，战鼓擂，现在世界上究竟谁怕谁"。孙老太太说，写这样一封信应该没有什么风险。

信她写了，给我看了，也寄了出去。只是，后来却一直没听她说起有任何回音，我也不好意思问。

在"文革"后第一届恢复了的高考中，我考进了华东师大英语系。翌年，又越级考上了中国社会科学院研究生院，师从卞之琳先生攻读西方现代主义诗歌。与此同时，在卞先生的鼓励下，自己也开始写诗、译诗。那时候可谓年少气盛，更不知天高地厚。到北京不久，就借着孙老太太写过推荐信的由头，拿了自己发表在《诗刊》上的几首诗，附上英译，去外文出版社《中国文学》编辑部，自报山门地拜访了杨先生。

现在回想起来还感到惊讶。尽管杨先生那天对我说，想不起曾收到过孙老太太的那封信。（后来我才在杨先生的英文版自传中读到他在"文革"中的遭遇，这样一封谈到重庆往事的信，很可能被某些人看成有敌特怀疑，压根儿送不到刚从牢里走出来的杨先生手里。）不过，他还是在办公室里把我英译稿读了一遍，更当着苏格兰专家白霞的面加以夸奖，说我的英译几乎能在《中国文学》上直接发表了，不需要走刊物的寻常编辑流程。

《中国文学》当时是中国唯一一本向外介绍现当代中国文学的刊物，设有一位专职中文编辑，首先得由他从国内刊物上选定政治正确的作品，然后由几个英文编辑翻译，最后再由担任主编的杨先生或其他外国专家修改、润色后发表。他居然能这样评价我的译文，真让我受宠若惊了。

后来我有好几首诗，还有一篇报道一九八六年在洛杉矶举行的中美作家会议的英文稿，都因杨先生的坚持，直接发了出来。读研究生的日子难免手头拮据，《中国文学》的稿酬不无小补，也更鼓舞了我用英文写作的自信心。（许多年以后，我在圣路易华盛顿大学的博士生导师何谷理教授曾说起，他最早就是在《中国文学》上读到我的名字，在我获福特基金后联系学校的过程中，因此第一个回信表示欢迎；接着他更网开一面，把我所修的创意写作课都算进了比较文学博士课程的学分。）

那些在北京读研的日子里，我自然不会偶尔跑一两次杨先生的办公室，便感到心满意足。他当时住百万庄外文出版社的办公楼后面，有时我在编辑部没找到他，就下楼穿后门直奔他住所，也不打电话预约一下。

但杨先生好像一点儿都不在意。他家里时不时也有其他客人，于是就招呼坐下来一起聊。白霞当时正与外文社的一位德文专家在谈论婚嫁，经常过来串门；多年后在伦敦重逢的汉学家Johnathan Mirsky是那里另一位常客，据他自己说有一次喝得晚了，稀里糊涂倒头就睡在沙发上，夜半醒来，听到不远处戴先生鼾声如雷。"座上客常满，杯中酒不空。"杨先生夫妇两口子都善饮，每每以酒代茶，海阔天空。在这一些当时只道是寻常的闲聊中，我也醺醺然了，尽管我一直都未能学会饮酒。

还记得背后墙上有张放大了的杨先生照片，戴先生开玩笑说是"茅山老道"。这或许指其（隐）士大夫的风骨。在我的心目中，杨先生现在也多少像是从茅山上，而不是奥林匹斯山上走了下来。

一九八一年，我从中国社科院研究生院毕业，杨先生兴冲冲对我提议说，要我去《中国文学》编辑部工作。为了说服我家里同意留在北京，他还亲自给我在上海的妹妹打了好几通长途电话。只是，后来却因为种种，怎样都解释不清楚，像卡夫卡在"城堡"中所写的荒谬过程，我还是被一路分配回了上海社科院文学研究所。

不过，杨先生的这份情我是欠下了，我心里十分清楚，纵然不知道以后怎样才能还。这里不仅仅有他个人对我的知遇之恩，杨先生其实是由衷希望我能与他一起工作，更多地向国外的读者翻译介绍中国的文学作品。这是他早年从牛津毅然归来，始终抱定的"宗旨"。

回上海工作后的那几年，每次去北京出差，我都会去看他。我当时在翻译艾略特、叶芝等现代主义诗人的作品，有新书出版，也会带过去。或许因为不是中译英，或许因为我最终未能到外文出版社与他一起工作，他没太多说什么。

在他家里，也还是会遇到一些相识或不怎么相识的人。有一次，记得杨炼与他当时的女友也在，戴先生正声色俱厉地训着这位"朦胧"诗人，要他将来一定好好待他女友，杨炼一边点头答应一边喝酒，杨先生在一旁笑嘻嘻地喝酒，我只喝茶。

一九八八年，我要去美国做一年福特访问学者，行前去北京出差，顺便给杨先生辞行。我带了几首与国梁兄前一阵子同去温州采访时写的诗，附上英译，再加两瓶国产的皇朝葡萄酒。杨先生在门口接下酒，眼中似有狡黠的一闪，戴先生在一旁咕哝着什么。

那天，杨先生在客厅里读了那几首颇有主旋律意味的诗，笑呵呵地说："至少你的文字还不算拖泥带水。"想起来，这恐怕是他关于我写作仅有的一次批评。我没告诉他，到了国外还有一个计划，准备开始翻一些中国古典诗词。

翌年夏天，我突然在美国的电视上看到杨先生的消息，担心起来，赶紧往他家里打过去一个电话。他不在，戴先生接电话说："他很好，出去散步了。请放心。"

在随后的日子里，我自己有很长的一段时间未能回国。这期间也一直没有在国内的报刊上读到关于杨先生的任何消息，像一夜间突然消失了似的，像唐诗中所写的那样，"露重飞难进，风多响易沉"。

英语中有一句成语，"没消息就是好消息"。我也只能试着如此安慰自己。只是远远地还时不时会想，想到杨先生的境遇，不禁黯然。

从美国写信回中国不便，那时电子邮件还不怎么流行，也就与他渐渐地失去了联系。一直要到了二十一世纪初，才辗转联系上到了香港中文大学的白霞，从她那里得到消息，说杨先生患癌症住进了医院。那一夜，我想到了叶芝的《1916年复活节》。因为我想到杨先生为中国文学作出的贡献、承受的牺牲，也因为我感到自己无能为力，只能念杨先生的名字，在遥远的祷告中，像在叶芝的诗中那样。

下一次回国，我立刻就联系了杨先生的女儿，问她是不是方便去医院看他。据他女儿说，现在来看他的人寥寥无几，故人老去，世态炎凉，他挺寂寞的。我去看他，只要时间不太长，应该不会影响他治疗——也可以带烟酒去，他的日子或许不多了，喜欢怎样就怎样吧。她还加了一句说："他也看过你的英语小说，挺喜欢的。"

杨先生生性豁达，这些年的鸡虫得失，他或许根本都没计较过。只是，看到他躺在一家甚至都缺乏专科医疗条件的医院里，我和那天同去的查理，杨先生的另一个忠实美国读者，都不知道说什么了。关于他自己的情况，杨先生其实只是轻描淡写几句，波澜不惊。我倒是预先排练过，说早先受他影响翻译的一些古典诗词，后来在英文小说中引用了，国外读者反响还不错，现在正准备结集出版。他反而宽慰我说，能用英文写中国的小说也好，不一定非要从事翻译不可。他还赠送了我几本新作，签了名。

后来还有几次去看杨先生，因为他身体的关系，不愿他讲话太多，大多是我在汇报自己的工作学习情况，也带去新出版的陈探长小说。当然也带上烟和酒。最后一次去看他，是在他小金丝胡同的家里。那天他午睡刚醒，身体明显衰弱了，得由人搀扶着慢慢地在对面坐下。可他立刻还是笑嘻嘻地说："中华，又可以抽好烟了。"在这刹那，他眼中似乎又掠过狡黠的一闪，就像多年前去他家辞行的那一天。

回到此刻，回到老书虫书店活动的现场，一位年轻的女播音员用中文声情并茂地读着，接着这场活动的英文主持人再用他浑厚的嗓音读：

> 我们知道他们的梦，知道/他们曾梦过，死了，就够了；/就算过多的爱在他们生前/让他们困惑，那又怎样？……/现在，或是在将来时间；/那所有披上绿色的地方，/都变了，都已彻底变了：/一种可怕的美已经诞生。

不管叶芝怎么感叹自己文字无力，却是用他的诗句写下了真正的不朽，远在这异国的语言中，在这许多年后，仍在读者的心里激起反响。

我写不出这样的诗。

但这一刻，我却突然明白了，在获悉杨先生患病的那个晚上，为什么会想到叶芝的《1916年复活节》。接着想到外文出版社的那份电子邮件，觉得至少可以把那本古典诗词的英译稿好好修订一番，尽力争取不负杨先生当年的厚望。这也是我的本分吧。

斯蒂芬·斯彭德的《中国日记》

现在在美国写书，作者不仅仅要写书，自己也常常得在社交媒体上为书去宣传，至少得设有一个自己的网址，可以与读者和评论者随时保持沟通联络。这占去不少时间，但也时不时会有些意外的收获。

几个月前收到一个美国读者/朋友/粉丝发来的电子邮件，说是在旧书店意外找到一本《中国日记》（*China Diary*），作者是英国著名现代主义诗人斯蒂芬·斯彭德（Stephen Spender）和艺术家戴维·霍克尼（David Hockney）。《中国日记》记述了二十世纪八十年代初，他们在中国的参观访问经历。他们访问了多个城市，行程共计一万多里路，时间长达三个多星期，而且，他们还"独立"采访了多位作家与艺术家，留下了第一手资料。全书以日记的形式写成，由斯蒂芬·斯彭德执笔，戴维·霍克尼画插图。那份电子邮件激动地说，书中居然有一大段，写我与他们在北京《诗刊》编辑部的一次会面，还配了多幅黑白照片和速写插图，"真难以想象，你的照片看上去那样年轻！"

于是我赶紧上亚马逊网站下单。《中国日记》隔天快递寄到，书中果真翻看到那一段。三十多年前的情景一瞬间又回到眼前，难免有些曾经"诗人"气的感伤，"忆昔午桥桥上饮（《诗刊》原先坐落在北京虎坊桥），坐中多是豪英。长沟流月去无声。杏花疏影里，吹笛到天明……"诗人总是夸张的，但中国的八十年代确实是诗的年代。

只是手头一部题为《成为陈探长》的小说要赶完工，法国出版社催了好几次，说为预定的发行日期已安排好文学节和签售等宣传活动。书生意气的感慨，在现实的无可奈何中成了消受不起的奢侈，《中国日记》信手看了几段，只能又匆匆扎回自己的稿子堆中。

也算是巧合，年底前在网络上浏览《上海书评》，读到有关斯蒂芬·斯彭德一本新书的介绍文章。显然，人们对诗人作品与生活的兴趣至今犹在。我把《中国日记》找出又读了起来。小说稿是交出去了，但接下来与编辑定稿、安排市场宣传等杂务又纷至沓来，《中国日记》仍无法一气呵成地读。不过这一次定下心读，倒是觉得颇有些感慨之外的地方。

从读者接受美学的角度说，一本书完全可能在不同的层面和时间，对不同的读者产生不同的意义。一九八二年出版的《中国日记》，最初的隐含读者无疑是西方的，也获得了英语读者和评论者的好评，但对今天的中国读者来说，却可以说又呈现了新的意义。作者们对中国八十年代初的日常生活多层次、客观写照，在国内的读物中现在反而很少能看到了。我们这些年更多强调的是"向前看"（或"向钱看"）。历史的嘲讽是现实的，如今真成了"不知有汉，无论魏晋"。无论从历史或社会学的角度看，《中国日记》因此都值得在今天一读，甚至值得翻译成中文。

在那个年代，斯蒂芬·斯彭德和戴维·霍克尼难得地用非官方旅游者的身份来中国，这或许是因为他们在西方文学界的地位和影响力。他们坚持要求不随团体坐大巴集体出游，在官方许可的范围内，"心之所至"地走进中国的大街小巷，与各个阶层的人们"直接"交流、交谈。自然，中国政府还是要通过"中国国际旅行社"（The China International Travel Services）——斯蒂芬·

斯彭德将其称作"神秘的权力"——为他们指派翻译陪同。或许这仅仅出于对他们的尊重礼遇，或许只是小心谨慎的"内外有别"。斯蒂芬·斯彭德对此做过这样一段诗意的描述：

> 在拥挤的路上，在乱成一团的自行车与其他车辆中，行人们堵得举步维艰，只能超近距离地面面相觑，可就在那一瞬间，那把西方旅游者与中国老百姓隔离开来的玻璃墙"似乎突然消失了"。

他于是感到真正脚踏中国实地的欣慰。这也不太难理解。"文革"已结束了，但那个年代的中国，各个方面的情况依然混沌不清，向左向右的可能性同时存在，感觉多少有点像徐志摩的两行诗："我不知道风/是在哪一个方向吹。"作为来自西方的知识分子，他们用独立的、带距离的视角来看与思想，自然不乏旁观者清的地方。

对我来说，《中国日记》的意义自然也在于书中提到了我，不过更确切说，在于提到、探讨了中国当时的诗歌。对斯蒂芬·斯彭德来说，与中国诗人的交流，同样也是他这次中国之旅的重头戏。在英美的书评中，有好几篇也把重点放到他与中国诗人的对话上。

关于斯蒂芬·斯彭德和戴维·霍克尼在北京对《诗刊》编辑部的那次访问，我所知的背景情况大体如下。八十年代初，应邀来中国访问的西方知识分子还寥寥无几——除了官方认定的"知名人士"之外。在英美现代主义诗歌的著名"四人帮"（奥顿 Auden、路易斯·麦克尼斯 Louis MacNeice、斯蒂芬·斯彭德 Stephen Spender、塞西尔·台－刘易斯 Cecil Day－Lewis ）中，斯蒂芬·斯彭德（1909－1995）是他们中活得最长的，他不仅仅一直在勤奋写作，也在英美各名大学任教，还在好几个有影响力的刊物任编辑，在诗坛的影响至今不衰。一九六五年，他当选为美国桂冠诗人，一九八三年，他在英国接受授勋成了爵士。而且，与许多同时期的知识分子一样，他早年也明显带有左派倾向，去西班牙参加过反法西斯的战斗。对他这样有国际影响的著名诗人，中国政府自然破格做出了邀请，各级外联部门也表示要安排官方、半官方的活动，其中也包括了对《诗刊》的访问。

关于斯蒂芬·斯彭德那次在《诗刊》编辑部与中国诗人的交流活动，不妨直接从《中国日记》中摘译几段，读起来会更有意思一些（日记中有些文字是作者为英语读者所作的背景介绍和解释，这里酌情略去，省略处用……加以标志。）

5 月 23 日

林先生为我们安排去坐落在北京市郊的《诗刊》杂志社访问……

我们年长的主人是邹荻帆，当时任《诗刊》的副主编，自己也是一位诗人。他中年年纪，目光锐利，炯炯有神，脸型多少长得有点像鸟的模样。邹先生向我们介绍在座的另外两个诗人。一个是李小雨女士，她看上去像一部描述渔家生活的电影中辛勤劳动的女主人公，长着宽阔的脸蛋，两绺头发从耳旁垂下，还有是裘小龙，一个高个子的年轻人，带着一副仿角质镜架的眼镜，表情很认真……

邹先生向我们解释说，《诗刊》有十万份的印数，其中发表的诗歌大都围绕着建设、现代化、自然、爱情等主题。最近作品的题材领域有所扩展，但发行量稍稍有下降。《诗刊》

的办刊宗旨是"百花齐放"，这样说是因为现在有如此众多的刊物获得许可出版。

我问他们为什么写诗。第一个回答的是李小雨，她看上去相当害羞，解释说她曾经去过中国东北的胜利油田。那里她与石油工人一起工作，为他们的生活写诗。她出版过一本题为《雁翎歌》的诗集。"迷人的诗集名。"我说。"她也写爱情诗。"邹先生插进来说，我想他插话是要让她显得不同凡响。

她接着说："在接触《诗刊》之前，我就已经写了很长一段时间。那时我在部队里，与战士一起工作和生活。我想写有关军营生活的诗歌。在与《诗刊》联系上后，我得到机会去其他的地方，其中之一就是油田。然后我认为我应该为他们的生活，为他们的奋斗写些东西。"她并没有坚持说，唯一该写的诗歌是社会主义现实主义诗歌。

她说年轻的诗人们用不同的途径写诗。有些想表达自己个人感情和思想、凸现自己的思考方式。在她看来，五六十年代诗人写实实在在的生活状况，而她是在他们的基础上来建构她自己的诗歌。

我请当地的陪同为我们翻译一首她的诗……

"井架上的风带来石油的气息，/地平线在深沉夜色中闪烁，/机器的轰鸣赞美着哪些难忘的日子，/哦这一道月光，今夜我要对你说什么，/怎样说……"

接下来，我要那个学者气的年轻人来说说他的写作。他谦虚地解释说："事实上，我还不完全算得上是诗人，充其量只是个尝试翻译、学习诗歌的学生。我对英美诗歌感兴趣，尤其对艾略特和奥顿的诗感兴趣，更具体地说，是奥顿在中国写的有关中国人民抗日战争的作品。我尽力翻译那些有出色技巧的好诗。"

"你读过哪些美国诗?"

"艾伦·金斯堡的《嚎叫》。"他加了一句说,他也喜欢我那首《飞机场旁边的风景》。

"你在一首诗中想找到什么呢?"

"我想在诗歌中寻找那些独特的技巧,譬如在艾略特,还有约翰·邓恩为代表的英国玄学派诗人的作品中所能学到的技巧。"他补充说,他和他同时期的诗人推崇的中国古典诗歌是唐诗。在飞机上,戴维和我也在读一本企鹅版的《英译唐诗选》,我们明白他为什么喜好难懂的诗歌。

裘小龙把他的诗《今天》为我们大体上翻译成英语,我顿时更理解了他对玄学派诗歌的兴趣,虽然这只是粗糙的翻译。再一次,我得感谢林先生把经过修正的文字抄录保存下来……

"不仅仅因为昨天冰封的记忆,/不仅仅因为明天含苞的期冀,/我们才这样热爱你呵,今天。/因为除了今天,生活还在哪里?/不爱你,一意耽于昨天的幻灭,/生活也就是一声叹息——犹在梦里,/不爱你,只愿坐等明天的出现,/生活也就是一个呵欠——进入梦里。"

我觉得这首诗还是充满了四人帮以及"文革"灾难的暗示,即诗中所说的"昨天"。今天则是相对自由的时期,甚至含苞欲放,但与此同时,我又体会到,诗人对明天的感觉中其实蕴含着一种不安。

接下来李小姐试图翻译邹先生的一首诗,但诗太难了……无法翻译下去,谈话转到了其他的题目……

他们所指的大约是那些给我们看的诗，其中肯定有政治意义，也有个人意义。在他们看来，按广义的意义说，诗歌是要写特定的历史时刻中国人民身处其中的情景。按照他们的观点，诗人应该是引路人……

　　我后来意识到，我们所遇到的诗人，就像那些画家一样，无疑是希望能与我们真正交换思想观点的。他们并非玩世不恭、愤世嫉俗，却同时也有节制分寸。

斯蒂芬·斯彭德的观察无疑是敏锐的，他的揣测、分析基本上也没有什么离谱的地方。他在中国的访问之旅中，始终保持着清醒头脑：

　　在这样一个国家的访问过程，或多或少是要受到操控的。地方官员会让访问者去一些地方观光，于是他们会看到很多笑脸，有时也会见到重要的人物，这些重要的人物说，他们相互之间有着完全开诚布公的谈话，然后他们打道回国，写下愚蠢的游记文字。我始终努力对这点保持警惕。

当然，他毕竟是"外宾"，不可能对背景情况全部了解。

　　因此可以再做一些这方面的补充。那天，我在《诗刊》编辑部的谈话中一再强调技巧，其实只是想避免"政治不正确"的印象。我当时跟卞之琳先生读研究生，写的诗与译的诗，偏偏都归入了现代派，属于政治灰色地带。《诗刊》中因此也有人对我去参加这次"外事活动"持异议。所幸邹荻帆先生不仅仅是诗人，也是个有担当的业务领导，他主持刊物的日常工作，坚持安排我去。我自然不想错过与斯蒂芬·斯彭德见面的机会，但考虑到上述因素，就格外谨小慎微，叮嘱自己千万不能给帮我的人帮倒忙。邹荻帆先生在编辑部里还对我解释说（同时也说给办公室里的其他人听），安排我参加，更多是要考虑中国诗人国际形象，因为我说英语——这在当时写诗的人中还相当罕见——能在外国诗人面前多多少少为中国增点光。许多年之后，我把这个细节写进了陈探长的小说里。

也应该为那天在场的另外两位诗人再说几句。邹荻帆先生是我尊敬的前辈。他在作协资格很老，却十分开通，与我这样的年轻人在一起也从不打官腔。有一次，他还在新侨饭店请客，让我在北京数得上的西餐厅中开"洋荤"。想起来也惭愧，后来回想起他时往往不是与他讨论诗歌的情景，而是他在餐桌上兴致勃勃地为我介绍那里的一道名菜：黄油鸡卷。我心里其实清楚，邹荻帆先生对我如此知遇，说到底是希望我能在诗歌这条路上走得更远一些。李小雨比我大几岁，当时属于主流青年诗人，后来还担任过《诗刊》编辑部的领导。我们写作风格不同，我不太熟悉她的诗，在《诗刊》的那次活动后，我们几乎就再没有什么直接的交流。不过，我们在差不多同一时期开始写诗，她对于诗的真挚、激情，我是完全能感受到的。如同当年所有的诗歌热爱者一样，我们"没有人是一座岛，仅由自身组成，每个人都是大陆的一小块，海洋的一部分"。前几年曾读到她一篇关于八十年代诗人的文章，其中还提到我，但没隔多久，却又读到她因病去世的消息。像邹荻帆先生一样，她也自始至终都在写诗，在坚持为诗歌事业作出自己的努力，尽管我们当年共同憧憬的中国新诗崛起，已被"风吹雨打去"了。

而我自己则是为稻粱谋，也早用另一种文字写起了侦探小说。

"二十余年如一梦，此身虽在堪惊。"从一九八一年到二〇一六年，其实是三十多年已经过去了。中国经济领域中在这期间所发生的戏剧性变化，对斯蒂芬·斯彭德写《中国日记》的年代来说，无疑是难以想象的巨大。当年书中的那些城市素描景象早已见不到了。一般老百姓看到老外也再不会大惊小怪。诗人曾惊讶的满城都是的自行车，早已换成了汽车，而且比伦敦街头的还要豪华、奢侈得多。"门外楼头，繁华竞逐"，倘若斯蒂芬·斯彭德今天能再来中国，恐怕只会是迷路的前度刘郎或刘姥姥了。

与此同时，有些情况却似乎没有什么变化，或变化不大。外事活动或许再不像过去那么神秘，但在这种场合中什么话能说，什么话不能说，还是要小心翼翼，不能踩了红线。诗人笔下那隔开人们的玻璃墙依然还在。

从一个诗人的视角看，还有些情况现在则远不如八十年代了。《诗刊》当年的印数高达十多万份，现在恐怕连过去的一成都不到。这里无疑涉及种种复杂因素。一种文学艺术形式可能在某个特定的年代达到高峰，却很难能在随后改变了的社会历史条件中继续辉煌，马克思在谈到史诗这一形式时就作过类似的论述。三十多年前手捧《诗刊》的文学青年，在一行行诗中兴、观、群、怨，弹指间成了当下捧着手机的年轻白领，在微信中吐槽。固然是"换了人间"，但"无可奈何花落去"还是让人感叹。

也毋庸讳言，诗歌不景气是全球性的。去年年底，我在电脑里带着这篇刚开始的书评，去参加法属波利尼西亚群岛的文学节。主办人邀请我去为陈探长小说系列作几场讲座，临时却又给我加排一场诗歌朗读，因为来了一位著名的乐手，他的伴奏据说有强大的催眠气场，能让人们在一天的忙碌活动之后，放松休息片刻。至于我用中文或英文读无关紧要，当地人是说法语的。绿油油的草坪上倒是横七竖八地躺满了听众，似乎在听诗，但似乎更在瞌睡。一个穿黄色连衣裙的年轻母亲，俯卧在前面的草地，向后翘起裸露的双腿，逗着她牙牙学语的孩子。身旁那奇特的乐器也许真有一种魔力，恍惚间，我好像又回到了八十年代，在《诗刊》编辑部的那次交流活动中，斯蒂芬·斯彭德问我们为什么写诗，在座每一个人的回答不尽相同，但都对中国诗歌充满了信心、希望，一只松鸦的蓝翅掠起午后懒洋洋的阳光……

写这篇关于《中国日记》的文章时，因为重点放在诗人们在《诗刊》编辑部的交流，许多八十年代中国诗歌的记忆碎片又回来了，虽然已经惘然、支离破碎。记得艾略特在一篇文章中说过，记忆中偶尔也有些意象是无可言喻地清晰、有力，后来会鬼使神差潜入诗行。于我，其中的一个意象是围绕着我最近刚去世的姆妈朱菊青。她不碰诗，但那一次我临时决定要去参加青年作家会议，她赶着为我装订了一大沓诗的油印册子。订完后，她捧着一本看了小半天，微笑着说："诗有这么多人要看，肯定是有道理的。"去年，我实在应该赶回国去看她的。太经常了，只是在太晚了的时候，我们才想到"救赎"这样的字眼，而能做的，其实只是在文字里。但在另一种意义上说，人也只是生活在文字里。

敏姨

在人生长长的因果链中，许多事其实一环扣着一环。有些事当时显得微不足道，没怎么去注意；也有些事先前已忘了，但后来又想了起来，汇合在一起，突然呈现出新的意义，就像普鲁斯特在《追忆似水年华》中所写的那样，有时候，意义甚至可以是仅仅因为一块小饼干。

今年年初的时候，我姨江敏从上海打电话到美国来，说国内有亲戚提议，要为她办九十岁的生日。我想我明白她的意思，开始琢磨什么时候回国一次，再忙也得挤时间出来，因为有太多的理由告诉我要这样做。

还在二十世纪四十年代末，我父亲在上海开办了一家小型香精厂，我母亲说，敏姨小时候就失去了双亲，于是他们让敏姨从镇海出来，白天在香精厂学做会计，晚上进修自选的课程，夜里就睡我们家的小阁楼。那一年她才十六岁。谁都没想到，她接下来的大半辈子就与我们家生活在一起了，算起来已有七十多年。

她一直没结婚，更始终把我们家当成了她自己的。六七十年代中有相当一长段时间，不少亲戚朋友都突然立场坚定起来，信誓旦旦地要划清阶级界限，从此再不踏进我们"黑五类"的门槛；敏姨因为自己的业务表现，已被上调到市轻工业局的食品工业公司，担任资深会计，她的成分成了"革命干部"，却从未想过要搬出"黑五类"的小阁楼。她不但继续住那儿，增加了她的租金与菜金，还时不时买些南翔小笼包、老大房奶油小方等难得的点心回家。她说公私合营时是父亲做主给她定的二百元"保留工资"，现在国营香精厂把父亲的工资停了，从她这里稍稍补贴些，理当如此。

紧接着，"月黑风高"，父亲单位里的造反队打上门来抄家了。按理讲，这不至于冲击到属于"红五类"的敏姨，问题是她还住我们家的阁楼，关起门来也难成"一统"，阶级立场可疑，显然有为"黑五类"窝藏财富或罪证之嫌。破四旧的人们在家里整整抄了两天三夜，翻箱倒柜，还真殃及池鱼，把她的小阁楼也翻了个底朝天，抄走了镇海老家为她准备的嫁妆——两副她珍爱的银台面——重足足六十四两，还把一副不那么起眼的锡台面踩得稀巴烂。纵然如此，敏姨依旧没有要搬离的意思。

父亲晚年曾半开玩笑地对母亲说，说她太宠敏姨了，结果敏姨怎么都舍不得搬出阁楼，母亲怪敏姨性子太倔，自己认准了的事不肯更改。他们所说的早年情形，我自然不可能见到；不过，在父亲患病的日子里，我看到敏姨每天都要跑一两趟仁济医院，有时还在观察室的临时加床边陪夜。那些日子里，在医院，甚至在躺在病床上的病人中，也都有着红卫兵或造反队组织，时刻不忘要在每一个角落对阶级敌人实行无产阶级专政。可敏姨从未因此犹疑、畏惧过，该到医院来的时候她照样来。有一次，住院部的一个"油腻男"医生甚至好奇地私下问我，敏姨在我们家里到底是什么身份。我瞪了他一眼，自然，什么也没跟敏姨说。

不久，"知识青年上山下乡"运动席卷整个中国，敏姨却悄悄去找了她公司领导，想方设法托关系办了法律手续，把小虹过继为她的女儿。接着，为了能让小虹在中学毕业后去"全民工矿"企业顶替工作，她毫不犹豫地提前给自己办了退休。

小虹从小就属于那种乖孩子的行列，人也忠厚老实，但我小时候却据说颇有些"野路子"，不怎么喜欢跟在大人后面转，还常常自行其是。可我记得，在我父母亲自顾不暇的年头里，好几次的苏州、杭州之旅，都是敏姨带我去的；那些在虎丘、六和塔、沧浪亭前的黑白照片，让我的同学们也开了眼界。回想起来，她年轻时真还挺"时髦"的，不但喜欢旅游、拍照，床头边更时不时放一本翻译小说，巴尔扎克或狄更斯的；周末，她会在小铝锅子里煮咖啡，在煤球炉子上用铁丝夹子烘面包。也正是由她领着，我第一次尝到了凯司令的栗子蛋糕，新雅的烟熏鲳鱼……据她说，还有一次带我去国际饭店十八层楼吃大餐的经历，虽然这一幕我后来怎么都回想不起来，可一切也因此更显神秘、诱人，给那段暗淡的日子隐隐增添了一抹难得的色彩……

也真巧，年初与敏姨通完电话不久，温哥华的英属哥伦比亚大学邀我三月下旬去那里讲课，有友人因此说起，该大学离西雅图很近，海南航空现在有从西雅图直飞上海的航班。海航的座位空间据说远比美国所有航空公司的都来得舒适，网上甚至在传说，航程中还有"烧钱"似的促销优惠。一来二去，我与小虹商定了行程以及其他安排：三月下旬去温哥华讲课，然后坐海航从那里直接回上海；敏姨的生日酒席就预定在三月三十一日。我回国平时住浦东，考虑到路太远，特意在小虹家后面的假日酒店订了几天房，去看敏姨时方便一些。

也真不巧，二十九日下午班机抵沪，来接机的妹夫忠敏告诉我，就在那一天上午，大约七八个小时前，敏姨突发蛛网膜下大面积脑溢血被送进了医院。

在随后的几天时间里，小虹、我以及家里的其他人每天都要跑医院两三次。只是敏姨已完全失去了意识，一直处在昏迷中。上海医院的规矩现在相当严，绝大多数时候，我们只能排队等在加护病房外，排到了，通过电脑视频往里面看仅仅几分钟的时间，氧气面罩下的敏姨看不出有任何知觉的迹象。视频看了，还只能继续往下等，等向医生了解敏姨病情的时间，不过他们都很不乐观。

等在医院的走廊里，感觉像在一条看不到尽头的暗黑隧道中。小虹忍不住一阵阵低声抽泣，告诉我说，就在我回国前几天，敏姨特地到网上订了一箱正广和盐汽水，因为我有一次随口说起，国外喝不到盐汽水；敏姨为她的生日准备了红包，其中包括一个给我女儿裘莉，还交代了要把一件从未穿过的皮大衣留给她……小虹很后悔，说要是知道敏姨会这样突如其来病倒，真应该提前一两个星期带她到老正兴去一次，这是她喜欢的一家饭店。

小虹在一旁伤心不已；不过，在父母亲去世后这些年里，她其实都在尽心尽力地照顾敏姨。上海的家前后已搬了好几次，敏姨每一次都跟着一起搬。在新房子里，她再不用爬梯子登阁楼，有她自己的一间房间，也有了空调、卫生间。她的晚年生活应该说相当舒适、惬意，用她自己的话说，日子好过。在这个意义上，小虹或许无须抱太大的遗憾。

反倒是我，最近二十多年来，远居异国，一年至多回来一次，行色匆匆，也就与家里人吃上几顿饭，泛泛聊几句，未能尽更多的义务。尤其是这一次回国，如果不是早先考虑到自己讲学、航班舒适等诸多其实不那么重要的因素，我本来应该可以早些日子回上海，也不至于未能在敏姨发病前赶到，在她意识还清楚的时候说上几句话。

细想起来，这些年还有一件与敏姨有关的事，至今仍让我感觉做得不是滋味，尽管我可以为自己找解脱的理由：当时年轻，太幼稚了。

"文革"后期，父亲的身体垮了，我别无选择地成了全权代表，与国营大众香精厂革委会的老薛商谈，怎样具体落实处理抄家物质的问题。老薛据说在四九年前是当跑街出身，身上有一股江湖味，手上戴一枚硕大的钻戒，说起来一套一套的。他客气地称父亲为"裘先生"，对破四旧"革命行动"中的一些过激行为也不无微词。不过，当时所谓的退赔，充其量只是象征性的。许多被抄的人家根本就未能留下什么清单，到底抄走了什么，得由造反队说了算；即使个别人家被抄后列出一张单子，譬如说多少件金银首饰，到了退赔时却按首饰的总重量估算。

　　我还记得，那个晚上父母亲忙着低头认罪交代挨批，根本就顾不上我，香精厂的造反队队长要我滚得远远的，不许对那些正翻抄出来的封资修四旧再看上一眼。于是我就从老虎窗爬了出去，独自登上屋顶，像一只猫，听黑暗的瓦片偶尔在脚下碎裂，在神秘而荒凉的星光下来回兜着圈。屋顶上，父母亲先前从不让我在那里踏出去一步，我却第一次感到那么自由自在。可奇怪，也就海阔天空了那么一小会儿，又忍不住悄悄从拉窗中探头看下去。只见那队长抓起一大把首饰，在手里掂量着，好像随口说了声有多少两，他的助手在一张纸上记下，我父母亲在满屋子红袖章中间，突然变得那样渺小，哆嗦着、抽搐着，像两只小耗子夹在了老鼠夹子中，再也无法挣扎，也无暇去看一眼抄家者在纸上写什么……现在，到了落实政策时，清单上果然清清楚楚地写着这一项几两，那一项几两……当时一两黄金官方牌价人民币九十余元，如此这般加起来一算，抄家物资退赔就完结了事。

　　父亲那时早已丧魂落魄，更渐渐病入膏肓，对政府的"落实政策"，自然只会也只敢感激涕零。（后来看电影《牧马人》，主人公在获得平反时热泪盈眶，发自内心地大声感激党和政府，这一镜头中的历史，荒谬而真实，让我想到了当年的父亲。）然而，敏姨却"不合时宜"地发火了，不管政府的红头文件与精神。她在扫四旧中被抄走的银台面，做工精致，据说出于名家之手，清单中只列出净重六十四两，折算成约一百八十元人民币。天下哪有这样的道理？她拒不接受赔款，要求实物退还。然而，她的银台面早已不知道扔到、藏到哪个爪哇国去了。抄家物资中有很大一部分去向不明。香精厂的造反队后来分成两派，打起内战时，一派贴大字报指控另一派私下吞了最值钱的珠宝，但没有目睹的证人或证据，充其量也只是两派造反队之间的大字报贴来贴去而已。能说会道的老薛因此无言以对敏姨，只能跟我说她性子太倔，要我帮忙来一起做做她思想工作，希望她能顾全大局，收下"落实政策"赔款，让上级政府安排的抄家退赔工作能圆满结束。政策和策略是党的生命嘛。

于是我真这样回家去劝她了。不料敏姨立时沉下脸，说我不懂事，也不要我管。当年红卫兵造反队抄家到底是谁的政策与策略？她接受不接受赔款不是钱多钱少的问题，顾全大局也轮不到她这样的小人物来瞎操心……她的一肚子火轰得我灰头土脸，好一阵子都抬不起头。

敏姨不肯就算了，这件事我原以为到此就告一段落。没太久，"文革"结束，再过一段日子，父亲在长期患病后去世。要处理他的后事，我不得不又与老薛打起了交道。除了一大堆免不了的场面话外，老薛对"裘先生"在"文革"中的遭遇深表同情，接着他又说他知道，父亲生前最放不下心的是我哥哥晓伟。晓伟从小患小儿麻痹症，几近瘫痪，更因肺气肿哮喘经常出入医院，他在里弄生产组断断续续地打些工，没有医保，所有的医药费都只能在我父亲工资里扣，成了很大的一笔开支。父亲去世了，谁还能负担得起呢？老薛因此主动提议说，不妨由他来代表大众香精厂革委会，与里弄生产组联系一下，告知"裘先生"去世后家里的实际困难，争取让他们出于对残疾人的人道主义关怀，解决晓伟的医保问题。关于残疾人的福利，他听说上面现在正酝酿新的政策，可以作为一个切入点。他显然想得很周到，也讲得很策略，不愧多年搞政工工作，经验丰富。我刹那间变得与父亲一样，成了个只会鞠躬感谢的机器人。紧接着，老薛又引出了另一个话题。敏姨的那笔赔款，她至今仍不肯签收，香精厂"落实政策"的工作因此留下了尾巴，很难向上级交代，他感觉到了压力。他坦承敏姨遭受了不该遭受的损失，但"文革"是整个国家的浩劫，谁又能真正幸免呢？说到底，大家现在还是都应该向前看。最后，他慢慢看着我说，"文革"后我考上华东师范大学、又越级考上中国社科院研究生院，上过报纸新闻，这些他都听到、读到了。如果我现在要再说些什么话，他想敏姨应该会考虑一下。

　　我顿时明白了老薛的意思。这是一种交换，我帮你的忙，你也帮我的。关键是这个忙我不怎么好帮。上一次与老薛商谈抄家物资退赔事宜后，已过去了两三年，银台面对敏姨蕴含着的情感价值，我多少有了些新的理解。在为她准备的嫁妆中，银台面可说是灿烂的象征。虽然她没有结婚，这却依然象征着她、她双亲曾经的梦想。她拒不接受人民币赔偿，在潜意识里，或许也意味着她无法接受梦想的最终消失。可晓伟的医保确实是父亲的、也是当时体弱多病的母亲的一大心病。要是这问题真能因此得到解决，我这个"野路子"儿子就算做了件还算靠谱的事。而且，老薛的话听起来也并非毫无道理。许多年前，在敏姨的小阁楼里，我曾找到过一本名叫《牛虻》的小说。书中的主人公喜欢一首民歌，歌中悲凉地唱道："在什么什么（地名我忘了）战场上，人们失去的更多。"在中学的同学们中，我常被认为运气还相当不错，可我不也同样失去了十年本该在校园里度过的时光？如果敏姨能想开些，未尝不是好事。我想了想对老薛说，我愿意再找敏姨试试，但这得等一个合适的时机。他同意了，他知道敏姨性子倔，贸贸然上去说事倍功半。

我至今仍不知道老薛到底与晓伟的里弄生产组谈了没有，或谈得怎样（我自己同时也在到处托人找关系），但我宁愿相信老薛确实尽了全力。过了不算太长的一段时间，晓伟的医保问题居然还真得到了解决。老薛并没有怎样来催我，我开始催我自己了。

又是一番阴错阳差。那些日子我正好去北京出差，在朋友家里意外地发现了一副银台面。据说这很可能只是镀银的，不怎么太值钱，却让我第一次见识到"银"台面的真面目。摆满整整一张餐桌的银杯子、银酒壶、银碟子、银筷托、银汤匙……除酒壶是两把外，其余的每样十二件（杯子和碟子大小各一套），美轮美奂，琳琅满目。这许多银器皿组成的一副台面，在抄家物资清单上列出足足净重三十二两，也就不稀奇了。眼花缭乱，又一时冲动之际，我好说歹说，把台面强买了过来。或许，这可以用作一个话头，与敏姨谈抄家物资的退赔问题，也多少能弥补一些她在抄家中所遭受的损失。

回到上海家里，我刚兴冲冲在桌子上取出银台面，敏姨就勃然大怒地站起身，说这一切与我无关，凭什么要我来"实物赔偿"？当年造反队抄家就是强抢，不能让这些人抢了，再来落实所谓的政策，用几张小钞票赎买伟大、正确的感觉，仿佛历史从此就得到了改写。敏姨以为我又是在莫名其妙地自以为是了，想代表父亲来对她做出赔偿，当年造反队抄家是冲着他来的，让她无辜受到了牵连。可我又怎么向她把背后的一切解释清楚呢？话到了嘴边——关于晓伟的医保，关于我和老薛间因此的默契——又咽了回去。有些事恐怕越描越黑。我只能不吭声，父亲的遗像在背后默默注视。那成了我记忆中最尴尬的经历之一。

老薛后来没再找过我，我自然也不会去找他。那笔抄家物资退赔款，敏姨始终没有签收。对上级政府来说，这其实根本算不了什么。更多、更大的事都被遗忘，被湮没了。好像是两三年前，小虹说敏姨曾偶然提起，她被抄走的银台面中不仅仅有各式各样器皿，还有像天女散花等人物摆设，工艺精致得难以想象……至于那副镀银的，我再也没有取出来过，至今仍在老房子某个角落，为蛛网封存，在吃灰……

在医院的走廊里，我没对小虹说什么。在重症加护病房外的等待，已够沉重了。从一开始，医生就说敏姨日子有限了，果然，还不到一个星期，敏姨悄然去世，始终未能从昏迷中醒来。

亲友们聚拢到临时设起的灵堂中，在遗像前，翻来覆去地说着他们能想到的安慰：说到底，敏姨也算高龄了，况且这是她生前期盼过的去世方式——没有太久的折磨，没有意识的痛苦。

只是，这样安慰的意义中好像总感到欠缺了什么似的。

小虹于是开始忙碌，奔东奔西，忙种种丧葬安排，我跟在后面，亦步亦趋——在上海，就只能像上海人那样行事，纵然对这些越来越烦琐复杂、越来越物质主义、越来越莫名其妙的礼仪习俗，我几乎插不上任何话。

国内这些年的变化确实巨大，触及人们生活的各个角落，甚至也在殡仪馆。我原以为火化已提倡这么多年了，相对来说应该简单，可一位西装革履的殡葬经理微笑着告诉我：火化，同样必须要为逝者购买棺木。要烧掉的棺木也分经济、舒适、豪华等不同类型，价格不菲。棺中不仅仅要放入传统的锡箔，还得加上形状更逼真的金锭、银锭，多多益善。小虹自然是一一照办，在殡仪馆里外不停地刷卡。

现在国内还有一个新的机构跟这些习俗有关——退管会；至少就我而言，在八十年代末出国前，从未听到过这机构的名称。敏姨退休前的工作单位，上海市轻工业局食品工业公司，在这些年几经合并、改制，现在成了梅林正广和集团。其间人员变化大，更因她已退休多年，对那赶来的退管会许干事来说，敏姨恐怕只是长长名单上的一个陌生名字，现在要划掉了。不过这不成为问题，她不用忙小虹在忙的具体事务。许干事肩负另一个重要责任：代表逝者的单位念一篇盖棺论定的悼词。在中国，工作单位对人一辈子意义的最终话语权，在这一刻算得到了淋漓尽致的体现。对敏姨来说，她在食品工业公司工作的日子无疑是重要的，但许干事对敏姨在食品工业公司之前、之后的日子所知甚少，在食品工业公司之外的生活更一无所知。但这影响不了单位悼词的权威性。平心而论，悼词写得四平八稳，十分政治正确，"江敏同志热爱工作，热爱生活，热爱国家……"都没错，句句充满意义，但所有这些也都能放到为另一个人念的悼词中去，换掉名字、生卒年月就行。

乔治·奥威尔在一篇题为《政治与英语语言》的文章中，极力反对空洞、模糊、千篇一律的陈词滥调。在他看来，像这样的语词运用只会让说者与听者懒得去具体、独立、批判地思想，在头脑的惰性中，不知不觉地为政治宣传所俘。当然，要用奥威尔的标准去要求一篇悼词，似乎也不尽公允。

但生死大事，这样一个场合，我的思路并没有随着那篇悼词延伸，反而转了个向，"紧随的一条条街像一场用心险恶、/无比冗长的争论/把你带向一个使你不知所措的问题……"

换句话说，敏姨一辈子的意义究竟在哪里呢？

我恐慌起来。至少，在大厅里正继续念着的悼词中，我未能找到自己记忆中的敏姨。思绪一团混乱，敏姨去世前后回想起的零碎片段，又猝不及防地倒灌入脑海，在下意识中，就像《荒原》中那孤独、无助的"钓鱼者"，尽管背后一片荒芜，却还是想用记忆的"片段来支撑我的断墙残壁"——譬如在那些阶级性淹没了人性的日子里，敏姨怎样选择留在"黑五类"的小阁楼中；譬如在"文革"落实政策的过程中，她怎样不妥协，不让那些作恶者逃脱责任；譬如在"忆苦思甜"是官方宣传的主流时，她怎样执意带我去国际饭店吃大餐……这些事在其他人的眼中，或许都微不足道，甚至不政治正确，肯定都不能写到此刻的悼词中去——

许干事的悼词终于念完了。全体鞠躬，再鞠躬，三鞠躬。小虹遵循"新的习俗"，走上前去，从花圈上拔下一朵朵鲜花，一层层铺在闪亮的金锭、银锭上，姹紫嫣红地盖没了敏姨；我则是在棺木盖上一锤锤地钉下钉子，在乐队的吹打声与众亲友的哭泣声中，护棺送出去火化……

乍看上去，祭奠礼仪中所有能想到的细节，似乎都为敏姨想到、做到了，可回到家，面对那间已空了的房间，又一阵茫然。在许干事念悼词时想到的一系列问题，越来越让人不知所措。

我平时喜欢读《金刚经》，有一次甚至让我小说中那位书生气的探长，在破了件血腥的谋杀案后，也摇头晃脑地读上片段，感叹人生的无常与虚妄，"如梦幻泡影，如露亦如电"。只是，对人们想当然地以为是佛家的概念，如超度、来生、投胎等，我却说不上怎么信。如是我闻而已。小虹看来要比我虔诚得多，不至是五十步与百步的差别，现在坊间种种正流行、正推出的新老礼仪习俗，她坚持要一样样做下来，不厌其烦，不能或缺。

大礼后，是头七、二七、三七、四七……每次都要在敏姨的遗像前点上香烛；放上迷你型的小录音机，按下按钮就会不停地念唯一的一句话，"南无阿弥陀佛、南无阿弥陀佛"；摆上十来碗敏姨生前喜欢的菜肴，据小虹说，菜肴的选择与碗数，也都有一定的讲究与学问。

一阵风吹过，敏姨遗像前的香似乎哆嗦了一下，掉了一小截。在场的亲友们异口同声说："看，敏姨回家来了。真显灵了。多吃一些，尽情吃。"

做完七，还得烧锡箔和冥币，就在小虹家门口的弄堂角落。什么都在与时俱进中。冥纸中现今有信用卡，有可自填金额与收款人名字的空白支票，有"天地银行有限公司"发行的十亿元大票面现钞，上面印玉皇大帝（或阎罗王，我分辨不出）头像，还有"阴间银行"全球发行的美金（中英文对照，可惜上面英文字母的拼写错误百出）……火光熊熊燃起时，亲友们在一旁陪着、念着，"敏姨，安心用、尽情用……"

或许，在祭拜中的人们看来，此时此地为敏姨所做的一切都充满了意义，就像葬礼中念的悼词一样（虽说官方与民间的意义会有所不同），生者与逝者之间的虚空也因此得到了填补。

冥纸已渐渐烧成了灰，一角快燃尽的灰白色残片，在一阵怪风中翩翩舞动起来。"看，所有汇款的信息正在传送过去，比电汇都快，敏姨肯定收得到。她在那里不会缺钱花，别担心。"一位年龄稍长的亲戚在我身旁说，一脸的欣慰之情。

说到底，意义本来就很难说一定有或没有，但大多数人都在这样做，这样说，这样想，于是好像也就算有了吧。

我在一旁不响，却想到了两年前在旅途中读的一本小册子，英国当代马克思主义文艺理论家特里·伊格尔顿（Terry Eagleton）写的《生活的意义》（*The Meaning of Life*，英文中的 Life 一字可翻成"生命"，书名因此也可译成《生命的意义》）。伊格尔顿一开篇就说，现在几乎不再会有哲学家或理论家愿意写这个题目，因为每个人对此都会有不同的定义和解释：说到底，你心目中的意义很难会是我的，也不太可能会是他的，在不同的意识形态和价值观正经历着剧烈冲突、变化的今天，更是如此。涉及后现代哲学中的相对主义问题，事情愈加不容易讲清楚。伊格尔顿接着举了一部荒诞派的电影来引出他的论述，电影的片名还真是"生活的意义"。在这部彻底无厘头影片中，芸芸众生都在做着些莫名其妙、荒谬绝伦的事，却又做得十分投入，乐在其中；至于这样做的意义，别人都摸不着头脑，他们自己也说不大清楚。如果一定要说有什么东西近似意义的话，或许可以说：在如此这般的忙忙碌碌中，人们似乎在找这一种或那一种自己能接受的或自欺欺人的解释或感觉，使生活稍稍好接受、好忍受一些。

伊格尔顿那本书，一路旁征博引，洋洋洒洒地写到结尾，对什么是生活的意义这个问题，依旧还是没有给出自己的答案。不过，在这弄堂的角落，眼前暗黑的灰烬却让我突然想到，人们围绕着敏姨的忙忙碌碌，何尝又不是像那部电影中的人物一样，用这一种或那一种方式，试图在为生活（或生命）寻找可以延续下去的意义呢？抑或说，试图通过流行的礼仪或话语体系，为敏姨、也为自己，来寻找聊胜于无的解说或解脱，使生活中本来难以忍受的悲痛稍稍好忍受一些。

但真的只有这样的意义吗？

接下来是五七，小虹在静安寺订了一场相当规模的超度佛事。这是重头戏，我当然得去。夜里睡得不好，也看不进书。在敏姨去世前后所想到的一些念头，仍时时沸起，像汤中的沫。我索性早早出了门。

从十二号地铁南京西路站出来，我走在曾是那么熟悉的路上，又想到了李商隐的两行诗，"刘郎已恨蓬山远，更隔蓬山一万重"。到处只见新的、陌生的建筑和地标，仅剩下很少的几处没拆，依稀还能辨认出一些过去的痕迹，激起残剩的回忆。

路过凯司令西点店，我仿佛是鬼使神差地转了进去，还真一眼就在柜台中看到了栗子蛋糕，样子没变，花色还远比以前繁多。我挑了一个两斤的，记得小虹说过，必须要有些供品放在寺院的佛事供桌上。接着经过蓝棠皮鞋店，想起老诗人辛笛多年前就住在这家店旁的弄堂里，他跟敏姨曾在食品工业公司共事过；我凭着这层关系，曾冒昧地去过他家里几次，听他谈国内三四十年代的现代派诗歌。后来，辛笛在公司开会时对敏姨说，我在翻译的那些外国现代派诗很有意思。她一回家就逐字逐句、兴高采烈地复述了一遍……

在静安寺的佛事供桌上，我挑选的栗子蛋糕显得相当不伦不类，小虹所准备的大多是来自功德林等店家的传统净素食品糕点，上面大多盖有小红印，仿佛这样盖了印，就成了逝者能享用的美食。我说栗子蛋糕是敏姨生前所喜欢的，小虹没说什么。

话说回来，现在的佛事仪式本身也够不伦不类的。到处都是商业化的运作，一场佛事收费昂贵，要花去小虹两三个月的退休工资。她挑选了最高规格的一档，由九个和尚念《地藏经》，共四个时段。我请教其中一位年长的和尚，问他选择《地藏经》是否因为其中的孝与母亲救赎主题，但他瞪了我一眼，仿佛看到了一个外星人。站在旁边的表姐忙跟我解释：超度念《金刚经》，做七念《地藏经》。这种区分倒也简单明了，可问题是，做七不也是为了超度？更荒诞的是另一笔费用——给和尚们的红包，明码实价，直接加在佛事账单上，一次性收取。按小虹的说法，老话说老和尚念经，有口无心；给了红包，他们会念得较专心致志，超度亡灵的法力因此也会好些。只是，要收了红包才念的经真能起到超度的作用？这其中的逻辑我不懂，也只能不响……

几年前，在瑞士参加一个文学节，我在那里吃到了据说是历史最悠久的栗子蛋糕。不仅仅味道醇正、浓郁，到下午四点后，还打对折，吃得我都不想去文学节的正式晚宴了。那一个下午，在静谧的洛桑日内瓦湖畔，我也想到了敏姨。许多年前，在她带我去的凯司令西点店中，异国风味和情调曾让我感到神往不已——我有没有想到过后来还真会去国离乡，走得那么远？佛家说，一啄一饮，莫非前定；一些看来是微不足道的事，敏姨当年不经意地做了，在很久以后，却在意识或潜意识里，促成了我这样或那样的选择。这种说法也许难免有牵强之处，只是冥冥中的因果，谁又真能说得清楚？

佛事结束后，小虹在上海一号私藏菜餐厅订了一桌羹饭，我让她把栗子蛋糕也带过去。席间，大家又说到敏姨的往事，间接地或直接地，与他们自己的过去交会在一起。从某一个角度看，羹饭、佛事、祭拜等礼仪习俗，都是带有特殊氛围的场合，让人们聚在一起，想一想逝者所做的一切，虽说雪泥鸿迹，这转瞬即逝的足迹其实也在注视着注视者。然后，努力地去做生者该做的事。

我于是又想到了伊格尔顿书中的问题。也许，生活或生命的意义不仅仅在一个人的自身，也在自身与他人的遇合中。敏姨的意义在对我的意义中，也在对他人的意义中，尽管这些意义各不相同，说不上什么普遍性，却又交会、连接在一起，如同约翰·

多恩所写的那样：没有一个人自身就能成为一座岛屿，谁都只是大陆的一小片，大海的一部分——

忠敏站起身，开始切栗子蛋糕，作为饭后甜点，分给在座的人们。他熟悉西餐的规矩。小虹低声说了一句："敏姨也是很喜欢西式蛋糕的。"

大伙举起凯司令特制的栗子蛋糕小匙——呜呼，尚飨！

雁背夕阳红欲暮

上海

我大约是在二十世纪七十年代初认识了万。他是当年与我一起去外滩公园打太极拳的一个同伴，比我小一岁，却多才多艺，能吹几下黑管，说几句英语，写几行诗歌；此外，万更有其他人所没有的一个"条件"，在市中心独自拥有一间前厢房房间。这在当时的上海简直是难以想象的奢侈。不过，他与我一样，属于出身黑五类家庭的子女，也在里弄生产组工作。

上海里弄生产组最初是在五十年代中期，一些家庭妇女响应党和政府解放妇女生产力的号召，自发组织起来的；在六七十年代，除了"解放出来"的家庭妇女外，还容纳进了那些病休在家而不能去上山下乡的知识青年。里弄生产组的条件自然不能与全民国营单位相比，工资待遇极差，仅仅七角钱一天，也没有医保，排在社会的最底层。

尽管这是一个在"灵魂深处爆发革命"的年代，上海人在生活中还是很讲现实的。在生产组工作的男青年一般都找不到女朋友。说到底，经济基础决定上层建筑，这是马克思主义的基本原理之一。于是，我也只能像沙漠中的鸵鸟一样，一头扎进书和幻想里。

我们一起去外滩公园的两三个星期后，我就放弃了练太极拳，开始学英语。在公园的板凳上，在一本袖珍版的《英美诗选》中，我第一次读到了英国现代诗人路易斯·麦克尼斯（Louis MacNeice）的一首爱情诗，题为"花园中的阳光"：

> 花园中的阳光/渐渐硬了、冷了，/在金子织成的网中，/我们捕捉不住那分分秒秒，/当一切都已说清，/我们无法乞求原谅。//我们的自由像自由的矛，/投出去，飞向终点；/大地逼迫，诗行以及/麻雀都纷纷坠落地面，/哦，我的伙伴，很快/我们将没有时间舞蹈。//天空让你高高飞起，/挑战教堂的钟声，/以及每一处邪恶的/汽笛警报所传达的内容：/大地逼迫不停，/我们要死了，埃及，要死了。//再不期望什么原谅，/心又一次硬了、裂了，/但还乐意与你——在雷电中，/在暴雨下，坐在一起，/而且充满感激，/因为花园中的阳光。

初读时，我并不太理解这首诗，但原文中低回的节奏充满音乐性，抑扬格与扬抑格的交错运用，再加上朦胧、含混的意境，却给我留下了很深的印象——或许多少是因为自己当时还没有类似的经验，或许也有自己"捕捉不住那分分秒秒"的遗憾。

不过，万捕捉到了属于他的"分分秒秒"。他有了一个女朋友——雁——与他一起坐在外滩公园绿色的长凳上，在金子织成的网中。雁长得苗条、俊秀，拉小提琴，也喜欢诗和翻译小说，还有一个政治上很红的家庭背景。她在幼儿园当老师，属于大集体编制，各方面的条件要比里弄生产组要好很多。她无视七十年代的现实和家人的反对，与他恋爱了——"在雷电中，在暴雨下"。

过了一阵子，万要我去听一场家庭音乐会，就在他的那间前厢房里，曲目是《世世代代铭记毛主席的恩情》。他与几个友人为曲子重新编配了乐器；他吹黑管，她拉小提琴。那是一个到处响着毛主席颂歌的年代，对于我来说，这些红歌更多是政治宣传，从未想到要真正作为音乐来欣赏。那一个下午，我却深深感受到了艺术的惊艳。不仅仅因为是音乐，更因为是演奏音乐的人。一个个音符在雁的纤秀的指间像午后的阳光那样倾泻出来，跳动着金子般闪亮的欢乐，让我第一次置身于象征主义诗歌所讲的朦胧、甚至是超验的彼岸。

出乎意料，这对恋人在那场音乐会后闹起了矛盾，嚷着要分手。朋友们纷纷劝解，我也加入其中的行列。雁似乎已下了决心，不过她告诉我，想到与万在一起度过的时光，她心中依然无悔，更对他们共同的日子充满了感激。这让我想到了麦克尼斯的那首诗，还心血来潮地为她背诵了几行。可不到一个星期，他们又和好如初了。

甚至就在"文革"那些岁月里，青春和生活中还是有着像诗一样美好的东西，我这样想，就像万和雁的故事。

一九七六年"文革"结束后，全国恢复高考，我先考入华东师大，翌年再考入中国社会科学院研究生院，那一年，万也考入了上海师大；我去北京读研究生，临行，万和雁送了我一张他俩在外滩的合影。这张照片夹在了我常用的一本词典里，让我带到了社科院研究生院。北京的一个同学后来见到这张照片，开玩笑地说名花已经有主了。这自然是无的放矢。

在北京的日子相当忙。我在卞之琳先生指导下学习西方现代主义诗歌，一本本生吞活剥大部头理论著作，同时自己也开始创作并翻译一些诗。一次，王佐良先生与我谈起他想编译一本英国诗选的计划，要我推荐几个诗人，我提了四五个名字，其中有麦克尼斯。那时我已经读了他不少的诗，特别欣赏他把现代感性与传统抒情糅合起来的努力。麦克尼斯不像浪漫主义诗人那样，动辄就动情、滥情得忘乎所以，即使在抒情最高潮的时刻，仍保留着一种现代主义清醒的反嘲与低沉。如在《花园中的阳光》那首诗中，"我们要死了，埃及，要死了"一行，即引自莎士比亚《克里奥佩特拉》，突出的互文性技巧运用，把个人的悲剧升高到了一个普遍存在的高度。王佐良先生选定了几首要我译，还真包括了《花园中的阳光》。那首译诗记得先是发在一本刊物上，我还特地签了名，给万和雁寄了一本，虽然我并不知道雁是否还记得，我几年前曾书生气十足地给她念过；译诗后来又收入了中国青年出版社编的《欧美现代派诗集》中。

八十年代初，我分配回上海社会科学院文学研究所工作时，万和雁已经成家了。万分配在一个外贸进出口公司工作，雁还在原来的幼儿园上班，但好像不怎么拉琴了。她太忙了，成天像捧一束花似的捧着他们的家。我偶尔还会去他们那儿坐一坐，雁是个很会招待人的年轻主妇，也特别善解人意。

那期间，我自己的个人生活中出现了波折。这一次是轮到雁到阁楼里来安慰我了。那一天下午她谈了很多，谈到了诗，也让我想到了麦克尼斯的《花园中的阳光》。生活常常充满了阴差阳错的无奈、嘲讽。好几年了，似乎还有什么东西在记忆中遥遥呼应。

我于是没有给雁看我模仿《花园中的阳光》写成的一首诗，诗的名字是《也许》，与我自己的经历有关。诗中有这样两节：

硬了，冷了花园中的阳光，/我们不能把灿烂的幻想，/放在精致的邮票本中收藏，/得抓紧盖上邮戳寄出，/时间不会原谅。//纵然什么都不用再想，/心也被胶水黏得闪亮，/但这一刻还愿在你的身旁，/看风筝飘在渐暗的远方。

那一阵子，我经常给一位远方的朋友写信，等回信，久久地等，因此邮票、邮戳、胶水等都成了信手拈来的意象；也闭门看存在主义，觉得时间不会原谅，人不得不作出这种或那种选择，更要对此负责。不过，这样的存在难免显得太哲学、太枯燥了一些，还是需要有一点自欺欺人的诗意，纵然如奥顿所说的那样，诗并不能使任何事情发生或改变。

圣路易斯

八十年代末，万被他的单位公派到中国驻法国使馆工作，接着雁也去了巴黎，与万在一起。我去了美国，在圣路易华盛顿大学做福特访问学者，后来改变计划，开始在那里读起了比较文学的博士课程。万听说也离开了使馆，自费在读企业管理。没有雁的消息，但我想她一定是在万的身边陪读，捧着他们的家，像一朵绽放得更绚丽的花。只是我们各自都太忙了，顾不上写信，在没有电子邮件和微信的年代，要保持联系并不太容易，时间一长，也就渐渐失去了音讯。

不过，我还是常常会想到他们，尤其是在读麦克尼斯诗的时候。华盛顿大学图书馆资料丰富，一本本诗集找起来也方便。那时除了他的作品外，我还看了一些他的传记材料。麦克尼斯写"花园中的阳光"的时候，其实正经历他个人生活中的一个危机。与妻子玛丽·埃兹拉的婚变对他打击很大，但他努力使自己接受这一难以接受的事实，写下了这首"哀而不怨"的诗，甚至为他们曾一起度过的时光表示了感激。

但那些日子里我真正能读诗、写诗的时间其实并不多。修博士学位有必修课程规定，要努力完成这些学分之外，我还兼了两份工。一份是在西格玛化学试剂公司，我负责输入寄往中国的产品目录上的姓名地址；另一份是在大学学生活动中心值夜班，一直要值到他们的聚会活动结束后才能离开。一次结束时已近午夜两点，我独自在哆嗦的星光下走回家，突然在背后仿佛听到麦克尼斯的脚步声，一瞬间，星光也像硬了、冷了……我开始对他作品中的悲哀和挫折感，有了一种新的理解。他本来有可能成为超一流的诗人，却因为各种繁重而琐碎的工作，无法全力以赴写作。他自己不会不认识到这一点，他的诗也因此受到影响。英美新批评派主张把诗与诗人分开来，但实际上是很难彻底分开的。

当然，用读者反应的理论来说，也可以说随着读者自身的经历变化，对作品的理解也相应地会变。

　　大地逼迫，诗行以及/麻雀都纷纷坠落地面，/哦，我的伙伴，很快/我们将没有时间舞蹈。

没多久，因为开始写博士论文，我忙得连读诗的时间都快没有了。不过，我还是把这首仿麦克尼斯的诗又修改了一遍；严力当时正在纽约办《一行》诗刊，来信索稿，我就把《也许》寄过去，由他发表了出来。

上海

因为博士论文以及其他一些因素，我一直要到九十年代中期，才得以第一次回国。听说万已在上海经商，我们联系上了，约在南京路新雅饭店见面。远在"海归"这个新名词出现之前，万已是一个成功的"海归"了，开了一家外贸公司，长年在上海做服装进出口生意。雁却滞留在巴黎，只身一人。没等我开口问，万就坦诚说他与雁之间出现了一些问题，过失在他，"在哪儿都太花心了"。他并未试图为自己作任何辩解，反而得意地说起了他在国内与好几个女孩子的风流逸事。毕竟，一切都是可以想象的，凭他现在的资产和身份。在我们中间的餐桌上，久违了的蚝油牛肉与烟熏鲳鱼依然那样美味可口，我仿佛是在听一个陌生人在讲一个难以相信的故事。

饭后，万坚持要带我去对面的东亚饭店 KTV 包厢尽兴，打电话找来了两个陪唱的女孩子。我本来就不熟悉流行歌，在老歌目录上找了半天，却意外地翻到了那首《世世代代铭记毛主席的恩情》。那两个陪唱的女孩子像发现一块恐龙化石似的瞪着我。我其实没有什么特别意思，只是在灯光暗淡的包厢里，想到了雁……

想到在圣路易斯，《未央歌》的作者鹿桥有一次跟我聊天，说他绝不会原谅他的朋友，也是《未央歌》中的一个人物，因为他在多年后获悉，这位朋友与他的妻子，小说中的另一个人物，在大陆离婚了。在《未央歌》中，也在鹿桥的个人记忆中，他们是一对这样完美的爱侣，成了他青年时代浪漫主义幻想的化身。鹿桥如是说，或许与他自己无可挑剔的生平经历有关，但并不见得每个人都能这样说。有这样一句英国成语，住玻璃房子中的人别往外扔石子。我不想，也不能去做什么道德意义上的判断，只是我有时还不禁要打打记忆的水漂，像在 KTV 包间中的那个晚上。

那天夜里，我沿着黄浦江畔伫立了好一会儿，外滩公园在不远处闪烁，像依然充满梦幻。

昨天流失了像是醉于水/过去流失了/回忆仍迂回/此刻正溶去古老的清辉。

那还是在七十年代初，我刚认识万与雁时写的一首诗中的一节，但是不是与他们有关系，我记不清了。

也就是在九十年代中期起，我开始有较多的机会回国，看到国内的种种变迁，沧海桑田，想写些什么，又觉得更适宜个人抒情的诗，较难描述急剧转型中的时代，就动手写一本名为《红英之死》的小说。

其间来来去去，与万又匆匆见了几次面，倒是没再去过KTV之类的场所。也一次都没见到雁。

巴黎

又过了一些年，我和妻子去巴黎为我小说的法文版做宣传促销。行前，我问万要了雁的联系方式，万支支吾吾了一通后，还是给了。到巴黎后，第一件事就是与雁通了电话。

第二天一早她就来到了我们住在圣日耳曼区的旅馆。雁变化不大，还能见到当年的清秀、妩媚，打扮得甚至更时髦了一些。她是由一个叫大卫的中年男子开着一辆奔驰送过来的，他们陪我们在巴黎兜了半天。

从凯旋门上走下，步行转入香榭丽舍大道时，雁开始轻声给我讲述她这些年的故事，也包括身边的大卫在其中的角色。如万在新雅饭店中所说的那样，他的"花心"使他们的婚姻出现了问题，导致了巴黎与上海的两地分居。他们的关系倒还维持着，万给她买了一套小公寓，在离埃菲尔铁塔不远的地方，每年他都会因为生意回法国一两次，在巴黎时还是与雁住在一起。至于身边的大卫，她说其实对他没什么感情，却并没有说他们怎样走到了一起。不过，万在上海的时候，是大卫在她身边，同住在那个离埃菲尔铁塔不远的小公寓里。

也许，她孤身独处巴黎，需要有一个人在她身边；也许，她最初只是想要报复万；也许，这是巴黎式的浪漫片段，她看法国小说看得太多了；也许，她知道我与万仍有来往，这只是说给我听的一个故事；也许，她别无选择，得有自己的一个孩子——她与大卫有一个儿子……

尽管发生的这一切，她幽幽地说："将来叶落归根，还是要回上海去，要与万在一起。"

也许，这是一个讲得太匆忙的故事，其中省去了许多必要的连接，在似乎熟悉却又陌生的香榭丽舍大道上，我不可能完全理解。只是依稀明白了，她为什么这几年都没有回中国去。

这不是我当年所熟悉的故事的继续，也不是我记忆中的雁；至于万，新的记忆已取代了旧的记忆。

晚上，回到在圣日耳曼区的旅馆，我独自又走了出去。在塞纳河畔漫步了很长一会儿。麦克尼斯的诗突然又浮了上来，漂在记忆的暗淡水面。一支歌，一首诗，有时会悄悄地跟踪一个人，在意想不到的时刻出现，使人不能自已。

在笼罩在夜色中的塞纳河畔，我又想到，《花园中的阳光》其实不仅仅围绕着麦克尼斯的个人经历展开，同时更带有普遍性的象征意义。在经历了种种激情与努力之后，结果可能还是无可奈何的挫折。在存在主义的意义上，这种无奈也可以视作是一种生存本质。就像西绪弗斯神话中的荒谬不断重复，就像标枪激情地投出去，总要到达终点，坠落在地。

圣路易斯

从巴黎回到圣路易斯，我于是又写了模仿麦克尼斯的一首诗，标题为《舞蹈与舞者》：

落日熔金，/我们无法从古老的花园里/采撷灿烂的幻想，/来放入相册中收藏，/还是得选定自己的剧本，/要不，时间就不会原谅。//能说的一切都已说了，/我们其实难以分辨/什么是问题、是答案。/让我们忘乎所以的/究竟是舞蹈，/还是舞者翩翩？//悲哀再不感到悲哀。/心，又一次硬了，/再不期待理解的闪亮，/但还是充满了感激：/因为曾与你坐在一起，/当花园中消逝着阳光。

我接着把这首诗放进了陈探长系列中的一本小说。诗中的舞者是小说中的一个人物，她在"文革"的激情岁月里跳起了忠字舞，在她仰慕者的心目中，舞蹈与舞者交织在一起，光彩夺目，美丽动人。只是岁月流逝，物是人非，"无可奈何花落去，似曾相识燕归来"。尽管他们还是感怀着一段共同的过去，最终却不得不在各自的生活中选定自己的剧本。

雁和万，恐怕也都是如此；他们必须作出他们的选择，时间不会原谅。从七十年代初的外滩公园一路走来，诗，还有我们，都已经走得很远了。可是"曾与你在一起"，今天的剧本里也许依然有着昨天的回响，也许还"期待理解的闪亮"，至少我这样希望着、期待着……

上海/圣路易

······这样希望着，一些年又在期待中过去了。

万和雁的故事还在继续。有时，一个故事的开始是如此精彩，你甚至祈愿，"哦，这就是全部的故事了"，就像奥赛罗在苔丝狄梦娜坐船到达他身边前的一刹那所盼望的那样。

可是，谁又能说这就是全部的故事了？日子还是要过下去。马修·阿诺德在"多弗海滩"中写着："（这世界）事实上，没有爱、光明、欢乐、/肯定、和平，以及给予痛苦的救援。"于是，我们不能说的一切只能在沉默中略过。

我其实没怎么读懂维特根斯坦，却越来越喜欢引用他这句名言。

在一本又一本的陈探长推理小说中，我的主人公陷入一次又一次的幻灭，生活中能找到的诗意似乎越来越少，"雁背夕阳红欲暮，人如风后入江云······"虽然为了小说宣传、签售，我几乎每年还得去巴黎。

可就是在巴黎，我也没与雁有什么联系。我们再不像电影《卡萨布兰卡》中的主人公那样，能充满希望地说："我们还有巴黎。"

意外地，在我朋友傅好文（Howard French）的一幅摄影作品中，我又感到了最初读麦克尼斯的《花园中的阳光》的创作冲动。

傅好文是纽约时报驻上海的记者站主任，可他对上海的独特"情结"不仅仅反映在他的一篇篇文字报道中，也反映在他在业余时间为这个变迁中的城市所拍摄的照片中。在他的摄影作品中，我看到了一个我曾熟悉的、但又在无可奈何地消逝中的上海。他要我为他的摄影作品配诗，于是我们合作出版了一本英文版的摄影/诗歌集子，书名就是《消逝中的上海》。

傅好文的照片中让我又想到麦克尼斯的《花园中的阳光》的那一张，摄的是国内现在到处流行的广场舞。背景应该是在人民广场的一角，其中还可以看到星巴克的标志，傅好文在这里聚焦的与集子中的大多数照片形成反差，是这一刻的新上海。不过，镜头里的两个中心人物还真是从消逝中的上海走来的，都不再年轻了，但他们还是像往日一样相互注视着，在广场舞中搂住对方、攥住那正属于他们的分分秒秒。

我配的诗，标题是《人民广场的舞者》，或许只能说是较早写成的《舞蹈与舞者》的变奏，但我自己还是很喜欢的。

　　落日熔金，/我们无法从时髦的广场里/采撷灿烂的幻想，/再放入老相册中收藏。/让我们选一首曲子，祈祷/时间这一手玩得公正、漂亮。//当乐曲奏到了尽头，/我们其实难以分辨/什么是问题，什么是答案。/使我们旋转得忘乎所以的/究竟是舞蹈，/还是舞者翩翩？//悲哀再不感到悲哀。/心，又一次装修完毕，/在墨镜的闪亮后躲藏，/但还是欣慰、感激：/因为曾与你舞在一起，/当广场上消逝着阳光。

傅好文居然也特别喜欢这首诗。他特地向我要了诗的中译文，说他很感动，要给他的一位亲爱的朋友看。他说着，眼中有狡黠的闪烁，我犹豫了一下，还是没有告诉他诗后面的故事。

雪泥鸿迹

我认真开始写诗的日期,大约可以从一九七八年算起。那一年,我考上中国社会科学院外国文学研究所,师从卞之琳先生读英美文学的硕士研究生。在卞先生的家里,他给我的第一份作业,很出乎意料,是要我先写上几首诗,让他看了后再决定是否让我跟他主修西方现代诗歌。按他的说法,只有自己写诗,真正体会到了诗创作中的甘苦,才能来从事诗歌批评研究。在英国文学传统中,确实有不少批评家本身又是诗人。这其实也是卞先生自己所选择、继承的一个传统。

更出乎我的意料,对我的第一份作业——一组自己创作的诗——卞先生点头表示赞许;也正是在他的鼓励下,我把诗寄给了《诗刊》杂志,结果还真发表了出来。

成了卞先生的研究生,要从事另一种语言中的诗歌批评,就得动手翻译诗,这也是卞先生自己身体力行的。当时,各种外国文学刊物正像雨后的蘑菇似的冒出,七十年代末的读者对翻译诗的需求相当不小,我于是就齐头并进,忙着一边写诗,一边译诗。同时,在卞先生的指导下,我开始写关于艾略特早期诗歌的硕士论文,这自然也需要翻译几首有代表性的作品,作为论文的附录。

对我来说,确实从一开始就是把读诗、写诗、翻译诗连在一起了。八十年代初,我从中国社科院研究生院毕业,分配到上海社科院文学研究所,继续做外国文学的研究和翻译,稍后加入了中国作家协会,还继续写自己的诗。八十年代中,我翻译的《艾略特诗选》《叶芝诗选》《意象派诗选》等集子先后在漓江出版社出版；还在上海文艺出版社出版了一本关于西方现代主义诗歌的评论集子；我自己编选的一本个人创作诗选，已收到了清样，原计划也在稍晚一些时候出版。我在《文汇报》的一个朋友，还因此写了一篇题为《三位一体》的文章，介绍我几管齐下的尝试。一九八六年，我作为中国作家代表团的成员，在美国参加了第三次中美作家会议，与美国诗人同行做了探讨。我当时还真觉得，在怎样把写诗与译诗、中文与英文的不同感性之间转换、融合这方面，我有条件可以做进一步的努力，也深信写诗、译诗的这条路会一直走下去，就像美国诗人弗罗斯特所写的那样，在林子中选了一条路，就只能继续走下去，无法再做其他选择。不过，在现实生活中，选择却往往不是由我们自己来做的。

一九八八年，我获福特基金会的研究基金，可以去美国作一年学术研究。我联系了圣路易市的华盛顿大学，也是艾略特祖父所创建的一所大学，计划在艾略特的故乡收集资料，然后回国写一本关于他的专著。然而，生活中所发生的种种意想不到的变化，让我身不由己地修正了原先的计划，改而留在了华盛顿大学读比较文学博士学位，并开始用英文写一本关于当代中国社会的小说。

或许，这还不能算是完全偏离原先选择的路，但写诗、译诗的时间毕竟要少了很多。我想方设法，让小说中的主人公陈探长在他的业余时间继续写诗。在英文小说中自然得换成了用英文写，有时候在小说中诗的感觉上不来，干脆把自己以前用中文写的诗，改译成英文，放在陈探长的名下。也算是无心插柳吧，国外有不少批评家因此说，在推理小说这一文类中，写诗的陈探长可说是个绝无仅有的例外：他在一个又一个的案子中写诗，有时还甚至在诗中获得破案的灵感；同时，他不仅仅从一个警官的视角，也从一个诗人的视角，来审视这些案情背后的人性和社会因素。批评家或许能看到作者看不到的东西，可至于我自己，初衷只是还想与过去一样写些诗、译些诗；在小说的创作间歇，有时也会试着把陈探长这些（原创）诗翻成中文，或更严格地说，把这些诗用中文再创作一遍。

因此这一次又得感谢漓江出版社所给予的机会，让我自己来编选一本自己的《诗与译诗》，在这过程中也能把这些年来写诗、译诗的经历做一番回顾。

我把自己的创作诗分成三个部分："写在中国""写在美国""中美之间"，但这里在时间和地点上的划分，其实并不是太清楚或绝对的。首先是因为时间跨度很大，自己的诗歌创作经历了不同的阶段，在技巧、风格上的追求都有相当大的变化，这次重读，我自己都觉得惊讶，有时甚至像是在读另一个人所写的。也有些诗最初是用一种文字写的，后来又改写或改译成另一种文字，其中的变化同样难以置信。这尤其涉及"写在美国"和"中美之间"的部分。从九十年代中期起，我不仅仅经常来回在这两个国家之间，更在这两种语言的创作中间不停转换穿插。参照美国语言学家沃尔夫（Benjamin Lee Whorf）的"语言相对论"，我们或许可以发挥开去说，不同的语言结构会对该语言的使用者在认知的过程中产生框架似的作用，导致人们用不同的方法去观照世界，带来不同的认识。在这一意义上，语言的独特模式、形态和感性结构，不仅仅是思维的工具，也影响和制约着思维，尤其在诗歌中突现出来。在这些年的创作与翻译中，我确实也在有意识地做的一个探索，就是努力在自己的文本中融合中文和英文种不同的语言感性。再具体一点，也可以说是尝试着怎样把英文诗歌感受表达方式和句式引进中文诗歌，反之亦然。

至于译诗部分，大多数都是以前在国内学习、工作时翻译、发表过的。其中诗人与诗篇的选择更多出于个人当时的偏好，比较集中在现代主义这一段时间。这次编集子，把译文都重新修订了一下。七八十年代所作的译文，现在找出来再读，还确实找到不少错译、译得不妥的地方，借此机会改过来，多少也算是对当年的读者表示的歉意吧。

无论是写诗还是译诗，我都很幸运地得到了众多朋友与读者们难以想象的鼓励和帮助。如许国梁先生，他当年为我那本最终未能出版的诗集写的序，不仅仅因为我的原因没有一起刊发出来，还给他自己带来了麻烦，这份情至今未还；如俞光明先生，在二十多年后，居然还能在他自己一直保存的旧刊物中，找出部分我自己都忘了的译稿，拍了照再通过微信传给我；如一位我不认识的读者，在网上撰文，说他当年太认可我的诗与译诗了，因此对我写的英文小说大感失望……

雪泥鸿迹，苏东坡曾用这比喻来感慨人生的际遇飘零，转瞬即逝，但是诗与译诗，也可说成是像雪泥上留下的、或许还不那么转瞬即逝的足迹。甚至也不是我个人的足迹，而是在我们共同走过的路上。想到他们至今仍对我抱有的期待，希望我尽可能多地写些诗、译些诗，就觉得自己还得把这条路继续走下去，尽管路途中会经历的曲折、变化。还是像艾略特所说的那样："对于我们，只有尝试。其余不是我们的事。"

任作君先生

二十世纪七十年代初，我初中毕业，正赶上知识青年上山下乡运动。我因病得以"待分配"在家，但没有工作，也上不了学，更看不到任何前途，只是为了消磨时间，决定与几个朋友一起去外滩公园学打太极拳。

于是，在一个夏日清晨，在靠近外白渡桥的公园进口处，我第一次见到了任作群先生。

那天早上，他也在公园里打拳。他身材魁梧，戴一副老式的玳瑁框眼镜，头发花白了，看上去有六七十岁的年纪，独自在个小角落里，天马行空似的打着一套简化杨式太极拳。他一招一式动作很慢，像电影中的慢镜头，脸上的神情甚至有点木讷，却又俨然是旁若无人的样子。打完拳，他擦一擦汗，慢慢走向不远处的一条绿漆长凳，坐了下来，在他身边的是两个在那里念书的女孩子。接着，他好像是漫不经心地举起了手，又好像在她们的书中指指点点着什么。

我走近几步，探过头去一看——是让我大吃一惊的发现。她们居然是在读英文版的《毛主席语录》——或许只是作为英语课本在读。他则是耐心地在为她们解释其中的英语单词和语法问题。在他们的长凳后，晶莹的露珠还在矮灌木丛上闪烁，眨着好奇的眼睛。

那俩女孩子的年龄与我差不多，境况估计也相近。她们每天早上都来公园，看书要看到十点半左右才离开，显然既不在工厂上班，也不上学，很可能也在"待业青年"的行列。可不管怎样，她们却没有像我那样在浪费时间。在她们的长凳旁，我一时间感到了无地自容。

于是我急匆匆赶回家，翻箱倒柜，找出了一册英语课本；第二天清早，在公园另一条长凳上，也依样画葫芦地学了起来。

几天后，任先生果然也注意到了我。他还真是有教无类，乐意地为她们——也为我——解答英语学习中的问题。

从严格的意义说，任先生或许不能说是我的老师。当时的政治气氛与公园条件，都不允许他在那儿正儿八经地上课。一般情况下，都是我自己在家里先背单词、读课文、啃语法，碰到实在搞不懂的地方，一一摘录下来，再在公园里请教他。可话说回来，如果没有他在那里的帮助、指点，我却是肯定不会有信心把英语继续学下去的。

在大讲特讲阶级斗争的年代里，在类似外滩公园这样的公众场所中教英语，有可能被人视作形迹可疑，甚至还会被上升到所谓阶级斗争的新动向。但像任先生那样，打完拳，再在长凳上稍稍坐一会儿，看上去或许也不太出格。至少在周围巡逻的工人纠察队没走过来找什么麻烦。

几个星期后，不知道什么原因，那两个女孩子不再出现在清晨的公园。对我来说，这意味着任先生会有更多的时间教我，是一大利好。我已放弃太极拳，找来了"文革"前出版的许国璋的《大学英语教材》，坐在同一条长凳上，一课接一课地学了下去。

没过太久，还有两个来自虹口区的待业青年，人力与启宇，也加了进来，一起在外滩公园的那个角落里学英语——在任先生时不时的指导下。

在"文化大革命"一个个政治运动中，我这样日复一日地去公园，一去就是好几个小时，家里人不明究竟，不免担心起来。尤其是考虑到我的黑五类家庭背景，稍有不慎，就很容易会遇到政治麻烦。一天早上，母亲悄悄跟在我后面，一路跟踪到了公园，她要发现我到底在那里忙些什么；等我回家后，更要从头到尾再盘问一番。

任先生知悉后，出乎意料来了我家。他不顾我劝阻，颤巍巍地爬上我家黑黝黝的楼梯。母亲有点手足无措了，但他表情十分认真地跟她说，我其实只是在公园里学外语，还学得很用功，肯定没做什么坏事。年轻人有些书可读，有些事可做，反而不会有时间去找麻烦，所以他请她一定要放心。母亲也认真地听着，始终在点头。

但任先生一离开，母亲向我问起他的背景时，我却几乎什么都说不上来。确实，除了英语的语法和句法，他好像没对我说起过任何其他的事。只知道他是个已退休了的中学校长，以前在学校里教英语，现在发挥余热，热心地帮助一些在"文革"中还想读书的青年，但我想他应该没什么问题，否则他也不可能这样坦荡荡地来外滩公园。

不过，任先生那一番话好像对母亲还真起了点作用。她说老先生有点迂，但因此信他。只要我能像他说的那样不去找麻烦，我不但可以继续去公园，还能领到一份早餐钱，每天一角。这样我就不用赶回家吃早饭，能在公园里捧着书一直读到十一二点。那些日子，父母身体都不好，哥哥更瘫痪在床，家里的气氛确实是够阴郁的，很难让我静下心来读书。

在公园里学英语的时间越来越多，时间似乎也过得越来越快，许国璋英语教材已读到了第四册。好在尼克松总统访华后，在"东风吹，战鼓擂"的歌声中，上海广播电台中增加了英语学习节目，报纸中也能读到一条新的马克思语录，"外国语是人生斗争中的一种武器"，公园里看书的环境有所改善。工人纠察队仍在那里巡逻，但再也不走近我们。

还是在那条绿色的长凳上，任先生坐在我们身边的时间比先前要长了许多。他还打太极拳，但常随身带一根手杖，步履也更慢了。

因为"文化大革命"中又一个意外的"最新最高指示"，人力、启宇和我几乎同时被分配进了各自的里弄生产组；轰轰烈烈的知识青年上山下乡运动，不到两三年的时间就已闹得怨声载道。这样一来，留在城市里的"病休青年"就不再要去农村，而是被安排进里弄生产组工作。我的一份是在流水线上踩缝纫机，枯燥、单调、不停地在劳动防护袜底上扎圈子，有一次，思想开小差，想试着在机械的绕圈子中背几个单词，让手指给缝纫机针扎穿了。

这期间任先生的身体状况出了些小问题，也不能像以前那样频繁地来公园了。好在我们的英语学习多少已走上了轨道，问题并不是太多。一般的情况下，多参考几本工具书，自己也都可以解决。轮到里弄生产组上中班的日子，我有时还会去外滩公园碰碰运气，有时就索性把学习中碰到的问题积起来，找机会去任先生的家里一起问。

我因此到任先生家里拜访过几次。他住四川北路苏州河边上的河滨公寓，家里看上去相当有底子。藏书甚多，除英语之外，有其他好几种外语，书架上还能看到大部头的法律书。任师母据说当年曾在红十字会工作，也退休了，在家里对任先生照顾得很周到。他们的独子先正在农村插队落户，老两口平时显得挺寂寞，我去看他们，他们还挺高兴的，有时也会随便聊些其他的事。

可任先生的生平背景依然像是在云里雾里——除了他自己先

前告诉我的，我又告诉我母亲的那一丁点儿。那时虽说已到了"文革"末期，有好多事还不宜多问，这道理我懂。

"文革"结束的那一年，我已开始学"文革"前徐燕谋主编的《大学英语教材》第七册。在接下来的一系列拨乱反正中，传出了全国恢复高考的消息。人力、启宇和我都在一九七七年顺利通过了第一届高考（我数学只考了二十多分，但多亏英文考了满分，他们也在英文上考了高分），进入各自的大学学习。

在任先生的晚年，这是他十分高兴的一件事。他请我们三个外滩公园学生去他家小小庆祝了一番。我记得我们各自带了些微不足道的礼物——都算不上是束脩，这些年来，任先生一直是在免费尽义务，有时还自己掏钱买了书送学生。

一九七九年，我在北京中国社科院研究生院读研究生，启宇在西安交大，人力在上海师大，听到任先生因病去世的噩耗，我们三人一起赶去了他家，在他的遗像前上香、默祷、汇报自己学习成绩，多少算是家祭无忘告乃翁的意思。那天，任先生的儿子先正在一旁陪着我们鞠躬。他也已从农村回来，考上了同济大学，他读的是工科。

关于外滩公园的种种际遇，我后来在一篇文章中写过，还写进了一本名为《忠字舞者》的英文小说的背景。在小说的一开始，主人公陈超探长旧地重游，回想起当年在这里学英语的点点滴滴，不禁再一次庆幸自己的运气，居然能在公园里遇到这样一个给他谆谆教诲的长者，从而改变了一生的轨迹。

也许是推理小说写得多了，我自己有时也不免会像那位探长一样，在私底下琢磨、分析、猜测一些自己并不真正了解的人。是什么样的生平际遇，我常在想，会让晚年的任先生走进外滩公园，来教我们这几个"病休青年"？对我来说，这是一个意想不到的奇迹，在一阵感怀的冲动中，我改写了冯至先生的几行诗："我其实毫无准备地领受/那个意想不到的奇迹，/在暗淡的岁月里突然有/彗星的出现，希望乍起。"

因为陈探长系列小说的写作与出版宣传，回国的机会多了起来。每次回去，我都会去外滩公园转上一圈。公园的变化越来越令人难以置信。那条长凳早消失了，在任先生当年打拳的角落，现在盖起了一家豪华的餐厅。跳广场舞的人挤走了打太极拳的。没人在公园里学英语。教英语托福考试技巧的补习学校成了走红的上市公司……

"怅望千秋一洒泪，萧条异代不同时。江山故宅空文藻，云雨荒台岂梦思——"其实，也就只有三四十年的时间。

终于，在我以为一切都只能湮没在回忆里的时候，却因为"微信的出现"，又意外地与任先生的儿子先正联系上了。

在三十多年后的一个下午，还是在原来的河滨公寓里（现在整栋大楼成了国家保护建筑）。先正大学毕业后，参加了不少重大的工程项目，还担任过洋山港建设的总工程师，现在也已退休了。午后的阳光倾泻在先正花白的头发上，我第一次在外滩公园里见到任先生时，他大约也是这年龄吧。不过，先正长得不怎么像他父亲。

也许是因为我写的那篇关于外滩公园的文章，先正说他看过，我们的谈话很快就转到了任先生的身上。

关于任先生的生平经历，先正在那个下午所告诉我的，绝大部分我先前是一无所知。我当年在公园里所认识的任先生，与先正现在正在跟我说的，像是截然不同的两个人，怎样都无法在想象中重叠起来。恍惚间，就像经历着英国玄学派诗歌中的"硬凑"——把不相干、不相容的人与事硬是凑到了一起。

先正觉察我眼中的疑惑，掏出手机，把有关任先生的资料和图片都一一找了出来。我取下眼镜，凑近了身子仔细看着。白纸黑字，还有一张张照片，确实没有疑问，这是任先生。

逝者如斯夫，不舍昼夜。一直要到了三十多年后，那幅拼图中原先怎么都找不到的一片片，现在才终于出现，正拼了拢来，呈现出一个陌生却又是有机、真实的整体。

任先生早年在东吴大学法学院学习，主修的是法律与保险专业，专业之外还通六国外语。毕业后，他服务于友邦保险公司，任高级主管，也开过自己的律师事务所。然而，更让人惊讶的是他另一段经历。在"八一三"淞沪抗战期间，作为国际红十字会委员会委员，他毅然抛下了手头所有的工作，投身于抗日救国活动。他在战场上忘我地抢救伤兵的英勇行为，在报刊舆论中受到广泛好评。当时的卫生署署长颜元庆因此要他去重庆，委任他为卫生署专员，在医疗救护大队担任重要职务，奔波在全国各处的抗战战场。那些日子里，任师母也在红十字会工作，因为共同的理想和激情，他们在战火中结成伉俪……

"遥想公瑾当年，小乔初嫁了，雄姿英发——"苏轼的诗句不合时宜地又掠过脑海，赤壁古战场与抗日战场中的英雄风流人物，叠加在一起，却更令人神往不已。我只是喝了一口茶，什么都没说，唯恐会打断先正的叙述。

抗战胜利后，任先生回上海重操旧业，继续经营"任作君大律师事务所"，因为他的法学和保险业方面的专长，还兼任了东吴大学副总务长。他也加入了民盟，与柳亚子、沈君儒先生等人一起积极投入爱国民主活动。一九四八年，他的独子先正在上海出生。

紧接着，任先生却遇到了一个现实问题。一九四九年新中国成立后，他所擅长的保险和律师这两个领域，有一长段时间几乎再没人能在其中涉足。据说还是陈毅市长考虑到他爱国民主人士的身份，安排他去一个中学做挂名校长。相当一部分民盟人士在一九五七年打成了右派，任先生就此也不谈政治，谨小慎微地教些英语。好在他早年读书的东吴大学是美国基督教会办的教会学校，大多数课都用英文上，因此打下了扎实的外语基础，让他多年后在中学里，绰绰有余地教学生英语。

"文化大革命"开始，他自然受到了冲击，作为"有历史问题"的反动知识分子，屡屡遭到红卫兵批斗，但与其他一些人相比，也不能说是灭顶之灾。不过，他是连英语课都无法上了。

没多久他就退休，来到了外滩公园打太极拳，在那里遇到了我们这几个"编外"学生。对我们，他自然闭口不提他过去的经历。他不想让我们，或让他自己，因此遇到麻烦。在"文化大革命"中，这样的例子举不胜举。

对我们这几个年轻的学生来说，他在外滩公园的出现改变了我们的人生轨迹。但他在那里所做的，我不由要琢磨，真是他自己年轻时所想做的？要不是因为种种政治因素，任先生本来可以在他的盛年，一展自己在法律和保险领域的长才。"时来天地皆同力，运去英雄不自由。"更不要说那始终缠着他的"历史问题"阴影。结果他只能在公园的角落中，在力所能及的范围里，做些自己还能做的事。不管怎么说，英语甚至都说不上是他的长项，可法律和保险却都是要到了他身后，才在改革开放的中国重新得以发现。

我想到我在外滩公园读的第一本英文小说 *Random Harvest*（这本小说拍成了好莱坞电影，中译名《鸳梦重温》更为人所知，我和人力还曾一度想把它翻成中文），书中有这样一句话，"那些浪费了的岁月也浪费了他"。

"这里有一首柳亚子的诗，从未发表过的，"先正接着又从他手机里找出一张照片，带着掩饰不住的骄傲说，"为了感谢我父亲为他办理的案子，柳亚子当年亲笔题赠给父亲的。"

　　　法治精神首罗马，人权学说重卢骚。即今世路崎岖甚，锄抑豪强赖尔曹。

　　或许像大多数的酬谢诗一样，柳亚子的诗也难免写得有些客套，甚至夸张，可诗中的"法治"和"人权"却是责无旁贷地落实到了任先生身上，更寄予了厚望。也许这正是为什么这首诗能在"文化大革命"中保存了下来，后来又让先正裱在一个红木镜框里。

　　揣摩着柳亚子的诗意时，却又有一个意外的发现，诗的左方写着"作君先生留念"。

　　这会不会是一个笔误呢？我一直记得他名字是"作群"。在他买了送我的一本书上，他自己写的是"作群"。先正准是觉察到了我的诧异，摇摇头说：

　　"我年轻的时候其实挺反叛的，父亲要我做什么，我偏偏不做，现在回想起来，肯定让他生气了。"

　　先正早年的反叛，我能理解。我父亲也称我是"野路子"——不踩着父辈的脚印走。这恐怕不仅仅是因为青春期，更多是因为在"文革"中，我们的父辈都是"黑"的，有历史问题，这也影响到了我们，所以我们私底下或多或少有些怨气，故意要对着干。但我不知道先正为什么突然要提这段陈年往事。

　　"但我毕竟还是为父亲做了一件事，"先正接着说，"在'文革'中，他被红卫兵批斗的罪名之一就是他的名字。作君——要作皇帝——多腐朽、邪恶的封建思想！我灵机一动，帮他改了名字。君加羊字偏旁就成了群。作群，要作普普通通的群众。这以后，至少他没再因为名字挨斗了。"

这又是个典型的"文革"荒谬。人名字中的"君"其实只是"君子"的意思。任先生也确实是这样一位谦谦君子。想起来也是够讽刺的，现今国内的电视剧、文学作品中，"明君""中兴之主""好皇帝"似乎又成了受欢迎、政治正确的人物。

在一阵短暂的沉默后，先正突然又重复说："至少我让他少挨了几场脖子上挂黑板，头上戴高帽子的'革命大批判'。我再找找，看看能否找到你写文章可以用的材料。"

先正是希望我为他父亲写一篇更全面的文章，我说我试试，但我想我还只能从外滩公园写起，从我自己熟悉的角度写。

深夜，先正给我发了一个微信，说他找出了一幅装了框子的油画，拍照后传了过来。画的是当年的外滩公园，可绿荫下那条绿色的长凳上没有人——也许是"野渡无人舟自横"的意境吧。据他说，这是我特意找了一位画家朋友画了送给任先生的。我记不清楚了，只有唯一能想得起来的一个线索，我那些日子里确实有一位朋友，业余时间在画油画。

记忆毕竟不是那么可靠的，但有些事不应该忘记，有些人，像任作君先生。

金庸先生

二〇〇七年下半年，我在香港中文大学做访问学者，我朋友白霞（Patricia）与她最近刚去世的丈夫、诺贝尔经济学奖获得者詹姆斯·莫里斯（James Mirrlees）当时也在中大。他们知道我痴迷金庸的小说，说我们两个人有一个共同点，都是用通俗的文学体裁在严肃地写中国，尽管一个用中文，一个用英文，因此很可以见面交流一番。于我，这自然是一个太难得机会。许多年前，我就可以说是金庸先生的超级粉丝了。他的作品刚在国内出现时，要在书店预订，一套安徽文艺出版社的《天龙八部》，分五卷十册，一册册地印刷出版，每一次凭书店通知去领取一册，每一次去都是迫不及待，也都是捧着书就一路读回来。早在八十年代中期，我就与两位有同好的朋友张文江、陆灏琢磨着合写了一篇《金庸武侠小说三人谈》，其实说不上什么深入的研究，只是在读了他小说后激动得不能自已，大家非得一吐不快而已；甚至还约定，二十年后要聚在一起再写一篇。不过，我和中大的朋友都知道金庸先生年事已高，又在忙于小说的修订，对能否在香港期间见上他一面，我并不抱太大的奢望。

几天后，我与我的另一位朋友、诗人也斯约好了，要在他的导领下做一天的香港美食诗歌游，但那天上午，白霞的电话突然打了进来，说金庸先生夫妇那天中午定在香格里拉酒店请吃饭。我简直都不敢相信，匆匆跟也斯说了声抱歉，带上一套正版的金庸武侠小说集、张文江的一本文集（其中收了我们那篇"金庸武侠小说三人谈"），还有我自己的几本英文小说，与白霞一起赶去了酒店。

粉丝与崇拜对象见面时的情景其实往往像是反高潮。在香格里拉酒店，我一下子变得都不会说话了，简直是手足无措、张口结舌。半晌后稍稍反应过来，我居然又书呆子气十足地表示说，这顿饭该由我来付款，结果给金庸先生夫人瞪了一眼，我为自己的迂腐倍感尴尬。不过，金庸先生倒是很和蔼可亲，带着浓重的浙江口音对我说了不少鼓励、期许的话。还在餐桌上，他就开始读起了那篇"三人谈"文章，读得相当仔细，一边还对文章中一些说法提了他的问题。可于我而言，这还真说不上是白霞最初所建议的交流，充其量只是一个受宠若惊的粉丝，笨嘴拙舌地在表达自己的仰慕之意。后来回想中，那天多少还有些讨论意味的，是我试着告诉金庸先生，《天龙八部》中写少林寺前萧峰、虚竹、段誉这三位结义兄弟力战群雄的一段，是我最喜欢的章节，但是酒店里人声嘈杂，未能让我细说。

接下来，金庸先生主动表示说，要在我带来的一些书上写几句话。在他自己的作品集子上，他分别写了，"裴博士　请指教裴博士与张文江先生实为评论金庸之首创者，愿再闻高见。弟金庸二零零七，十一，廿七香港"；"裴博士，论金庸者多泛泛赞誉，今静候裴博士畅舒深见。弟金庸二零零七，十一，廿七于香港"。在《金庸武侠小说三人谈》那篇文章上，他原本想写"张文江先生与裴小龙博士、陆灏先生为评论金庸之首倡者，真知灼见，受益匪浅，愿再聆高见。弟金庸二零零七，十一、廿七"。那天很可能真是聊得高兴了，在杯盘交错间，却顺手错把这段话写到了《古龙武侠小说三人谈》那一篇的页面上。

金先生夫人在一旁对他的照顾确实是十分周到，看他一口气说了、写了不少，要他休息一下；饭后，她还递给了我一张她的名片，说如果以后还要继续与先生探讨的话，可以通过她写电子邮件。不过我心里清楚，一顿饭的时间，金庸先生已为我说了这么多，写了这么多，我怎么还好意思再去叨扰他呢？

自然我也明白，金庸先生那天题写的几段话其实都是在奖掖后辈，可尽管如此，有时也不禁会想，或许他对我还真是多少有所期待，希望能看到新的"金学"研究文章。我也应该认认真真地去写一篇。然而，在结束了香港中大的短期学术访问后，因为种种原因，再加上国外的出版社催着要一本又一本出陈探长的英文侦探小说，一直未能再提笔来写篇"金学"论文。我只能自我安慰，好好多写几本自己的小说，或许也不算太辜负金庸先生的期望。虽然他的小说还在一遍遍地读，还有他作品改编的一部部电视剧，为此妻子更一次次地埋怨我不务正业；虽然在自己的写作过程中，也一直在思考，他的作品为什么会对这么多的读者有这么巨大、持久的艺术魅力。

金庸先生深厚的文化、历史、文学功底，使他的武侠小说成就远远超越了这一文类的藩篱，这一点论者大多也都已论及。读金庸的小说，总能读到比一本武侠小说更多的东西。确实，功夫在诗外，在武侠小说外。但这里是否还能探讨得更深一些呢？

一直要到今年年初，在上海与金宇澄有一次长谈，谈他的《繁花》，也又一次谈到了金庸的《天龙八部》。我说到，《繁花》中三位结义兄弟分手的场景，与《天龙八部》中三位结义兄弟在少林寺前联手对敌的场景，有一种异曲同工之处，而金宇澄告诉我，王家卫也特别喜欢《繁花》中三位结义兄弟分手的一段。那是很触动了我的一次谈话。

回美国后，我终于开始着手写一篇带比较文学意味的"金学"论文，在金庸的部分，着重就探讨当年在香格里拉酒店中想对金庸先生说的，却未能好好说的那章节。

放在西方文学原型批评的理论中，《天龙八部》中少林寺前群雄鏖战的那段文字，可以说是充分体现了中国传统文化/集体潜意识中的一个原型——江湖义气。萧峰、虚竹、段誉这三位结义兄弟在生死关头，面对强敌，舍生忘死也要尽他们的结义之情。这样的原型叙事，在读者的意识或潜意识中激起深层共鸣，在阅读过程中因此也慷慨激昂，热血沸腾起来。

> 段誉眼见各路英雄数逾千人，个个要击杀义兄，不由得激起了侠义之心，大声道："大哥，做兄弟的和你结义之时，说甚么来？咱们俩有福同享，有难同当，不愿同年同月同日生，但愿同年同月同日死。今日大哥有难，兄弟焉能苟且偷生？"他以前每次遇到危难，都是施展凌波微步的巧妙步法，从人丛中奔逃出险，这时眼见情势凶险，胸口热血上涌，决意和萧峰同死，以全结义之情，这一次是说甚么也不逃的了。
>
> 他［萧峰］拉着段誉之手，说道："兄弟，你我生死与共，不枉了结义一场，死也罢，活也罢，大家痛痛快快地喝他一场。"
>
> 段誉为他豪气所激，接过一只皮袋，说道："不错，正要和大哥喝一场酒。"
>
> 少林群僧中突然走出一名灰衣僧人，朗声说道："大哥，三弟，你们喝酒，怎么不来叫我？"正是虚竹。他在人丛之中，见到萧峰一上山来，登即英气逼人，群雄黯然无光，不由得大为心折；又见段誉顾念结义之情，甘与共死，当日自己在缥缈峰上与段誉结拜之时，曾将萧峰也结拜在内，大丈夫一言既出，生死不渝，想起与段誉大醉灵鹫宫的豪情胜慨，

登时将甚么安危生死、清规戒律，一概置之脑后。

萧峰不知虚竹身负绝顶武功，见他是少林寺中的一名低辈僧人，料想功夫有限，只是他既慷慨赴义，若教他避在一旁，反而小觑他了，提起一只皮袋，说道："两位兄弟，这一十八位契丹武士对哥哥忠心耿耿，平素相处，有如手足，大家痛饮一场，放手大杀罢。"拔开袋上塞子，大饮一口，将皮袋递给虚竹。虚竹胸中热血如沸，哪管他甚么佛家的五戒六戒、七戒八戒，提起皮袋便即喝了一口，交给段誉。段誉喝一口后，交了给一名契丹武士。众武士一齐举袋痛饮烈酒……

不过，《天龙八部》中这段文字的精彩，显然又并不仅仅在于磅礴的气势、激情的烘托、一波三折的故事情节，或仅仅是因为文学作品中集体潜意识原型的冲击力度。

在先前的"三人谈"的那篇文章中，我曾引用了波兰批评家英伽登的一个观点，即文学作品可以分成几个层次，而最高层次则是一种"形而上的性质"。简单地说，这是在作品的叙事层面上，更带有某种哲学意味的启迪或探讨。在《侠客行》的后记中，金庸本人也曾说到，他"多读佛经"，认识到"各种知识见解，纵然会使修学者心中广生虚妄念头，有碍见道……"他因此塑造了一个不识字的主人公，无法读懂石壁上武学图案的种种文字注释，反而得以破解了其他人无法破解的最高武学秘密。这样，《侠客行》在讲了一个精彩的武侠故事同时，更呈现了一种形而上的高度，诚所谓佛经中的"凡所有相，皆是虚妄"，也让人想到西方现象学中的一个观点，即语言可能反而成为我们认识事物的束缚，所以要把习以为常的逻辑判断"悬搁"起来，实现对事物本质的真正"直观"。到了《天龙八部》一书，其中的形而上层面更发人深思，这尤其体现在几位主人公在少林寺前的内心活动描写中。

按照西方的新历史主义批评的一个观点，人们生活在不同的话语体系（或意识形态）中，有官方的、主流的、传统的、占统治地位的，也有非官方的、非主流的、非传统的、在边缘状态的。在这些话语体系中，人们的所作所为获得了不同的意义，错还是对，做或不该做，有没有任何价值；人们因此决定（或也可以说被觉得）自己的行为。用福柯的话来说，甚至人的主体，也都是在这些体系中得到建构或解构。不过，这些体系在人们头脑中的存在并不是单一或静态的，相反，它们可能是在不断的对抗、谈判或妥协中。在一般的情况下，某一特定的话语体系有着占统治地位的话语权，但在不同的情况中，另一话语种系也可能突然占了上风，颠覆了局面、甚至颠覆了一个人想当然的主体性。

不过，这些现代或后现代的理论观点往往写得抽象、枯燥、艰涩，几乎令人难以卒读，可在《天龙八部》中，这一切却都是跃然纸上，生动、深刻、令人不得不信服，击节赞叹。

在结义三兄弟中，萧峰是传统意义上最典型的大侠，也是一个最彻底地活在武侠话语体系中的人物。他在少林寺前不想多造杀孽，但又不得不对那些"妖魔邪道"痛下杀手。段誉就不同了：他一方面因为机缘学到了一身惊人的武艺，对正统武侠话语体系的价值和理念也心向往之，另一方面却是个无可救药的浪漫情种，悠悠万事，唯王语嫣为大，根本无法想象他会去做任何让她不高兴的事。但在少林寺前，眼见义兄萧峰身陷险境，"不由得激起了侠义之心……胸口热血上涌，决意和萧峰同死，以全结义之情"。正是武侠话语体系中的义气在这一霎让他忘掉一切顾忌，甚至顾不上王姑娘就在人群中，像换了个人似的直冲着慕容复杀了上去。虚竹则更是活在分裂的话语体系中的一个人物。他从小在寺院中长大，浸泡在佛经中，没想过要去江湖上行侠仗义，却偏偏有人硬把一身内力和武功灌输到他身上，他自己也在有意无意中破了戒，还成了灵鹫宫的主人。在少林寺前，虚竹本意还是想做个和尚，可一旦被武侠话语体系中的义气精神激发出来，他"登时将甚么安危生死、清规戒律，一概置之脑后……胸中热血如沸，哪管他甚么佛家的五戒六戒、七戒八戒，提起皮袋便即喝了一口……"双掌飘飘，向丁春秋击了过去。

把少林寺前的一场苦战写得如此跌宕起伏，慷慨激昂，同时又在此纸上呈现一个形而上的层面，写出了人们在囿于其中的话语体系里身不由己的挣扎，在西方后现代理论中，也可以说是话语在说人，而不是人在说话语。武侠小说写得如此深刻、睿智，金庸之外，实在不作第二人想。

如果说在少林寺一战中，萧峰安身立命其中的正统（大宋）武侠话语体系，还没遇到什么危机，"侠之大者，为国为民"，他也一直能得以身体力行，但到了《天龙八部》的结尾，却导致了最终的悲剧。这是因为另外一个话语体系，即他身为契丹人，必须忠于大辽皇帝，还要去取大宋的江山，与上述的正统（大宋）武侠话语体系，产生了不可调和的矛盾。他的主体也分裂了，于是只能在雁门关前自尽来求一个解脱。

> 萧峰大声道："陛下，萧峰是契丹人，今日威迫陛下，成为契丹的大罪人，此后有何面目立于天地之间？"拾起地下的两截断箭，内功运处，双臂一回，噗的一声，插入了自己的心口。

耶律洪基与大宋的众侠客对萧峰在此时此地的自尽，心下都茫然不解，其实萧峰本人又何尝想得清楚呢？金庸却把这一切都写出来了，因为他无比渊博的学识，因为他悲天悯人的情怀。

或许，小说家不是要去写思想或哲理，却是要在叙事中自然地——甚至是潜意识地——展现形而上的层面，让读者去思考，去得出自己的结论。在这一意义上，不仅仅在中国的作家中，甚至也在全世界的作家中，还有谁比金庸先生写得更出色呢？

所有这点点滴滴，都是在我还来不及写出那篇"金学"评论，却读到金庸先生去世的消息时，杂乱无章地想到的，只能硬凑在一起，聊以寄托自己的哀思。"高山仰止，景行行止"，于我，只能是勉力要像他那样去写作，说得更近一些，只能是先要把他所期待的那篇评论文章写出来。

《天南》 采访[*]

——一次关于创作的访谈记录

1.迄今为止，您在国内已出版了四部小说，我想请您谈谈那些已经在国外出版还未译介过来的小说情况，国内读者对这些小说并不熟悉，如《双城案》《别哭泣，太湖》《虚拟中国》等。您在这些小说中都写了什么？都是侦探小说吗？与国内已经出版的四本有什么不同？

答：《双城案》《别哭泣，太湖》《虚拟中国》都是陈探长系列中的侦探小说，后面我其实还准备继续写下去。我对一个美国编辑说过，在中国，有这么多新的事在发生，陈探长还退休不了。我一般都会把一本小说中的案件放在一个特定的"社会背景"中，如《双城案》的案件有关腐败，这几年国内腐败官员外逃频频，陈探长因此从上海追到了美国的圣路易；《别哭泣，太湖》的故事主要放在无锡，涉及太湖的污染问题；《虚拟中国》则把一个谋杀案放在中国网络空间里各种力量的争斗中展开。

如果说这后面的几本与前面的有什么区别的话，特定的"社会背景"之外，那可能是在书中的人物，尤其是在主人公陈超探

───────────

* 这是《天南》杂志在二〇一二年左右给我做的一篇采访，提问者为黄振伟。我个人觉得比较详尽地探讨了我创作中的一些问题，故收入本书。可惜该杂志在前几年已停刊了。

长的身上，在这系列刚开始的时候，他还是相当理想主义的，也觉得自己的工作能够带来一些变化，可是随着一个个案子的发生，尤其是在他一次次深入案子的复杂政治社会背景时，经历了种种磨难和幻灭，他变得更现实了，也越来越多了"反英雄"的意味。

2.我知道您在创作侦探小说的同时，也在进行"非侦探小说"的创作，像《红尘岁月》的出版，以及正在创作的《红尘岁月II》。显而易见，"侦探小说"创作并没有满足您全部的创作欲望。我想了解的是，除了老生常谈的"类型文学"与"严肃文学"的创作区别外，在内心深处，您认为这两种创作有很大区别吗？如果有，重点的区别有哪些？他们分别满足了您内心想表达的哪些？

答：确实没有必要在这里去老生常谈文类的创作区别。就我自己而言，所谓"类型文学"与"严肃文学"的区别，只是在不同的时间，满足不同的创作需求或追求而已。

我刚开始写第一本小说《红英之死》时，其实只是想写一本关于转型期中国社会的小说，但后来因为在结构上遇到了困难，就转而利用侦探小说这一类型文学的现成框架，在其中讲一个中国当代社会的故事。至于美国出版社的编辑要我继续写下去，写成这个还在继续的陈探长系列，则完全是始料未及的。

写当代中国的故事，我也是在写的过程中意识到，是很难把它放在一个孤立的时间段中来写；换句话说，如果不了解昨天发生的一切，就无法理解今天的种种现象。在陈探长系列小说中，我固然可以运用倒叙等手法，来交代时间背景中的因果链，但我总觉得这样做好像还不够，因此开始了《红尘岁月》的构思。这是一部连续性短篇小说集子，按年度顺序，从一九四九年起一篇篇排列起来，一直排到现在（但在一本集子中并不是按顺序的一年一篇，而是在年头之间有间隔，如四九年一篇，五三年一篇，五八年一篇，下一本集子的故事则会发生在上一本集子中没写到的那些年份的故事）。

《红尘岁月》里的故事最先在法国《世界报》连载，在美国出版时，《纽约时报》将其选入"编辑推荐书目"，《出版周刊》把它列入二〇一〇年年度最佳书目，而《亚洲周刊》也将香港中文大学出版的中译本评为年度最佳十本小说之一。《红尘岁月Ⅱ》现也已基本上完成，其中有一篇会先在国内的《天南》杂志上发表，《红尘岁月Ⅱ》的法文版会在明年问世。希望明后年还有时间能继续写《红尘岁月Ⅲ》。我计划是最终形成这样一个系列，从一九四九年起，一年一个短故事，一直写到《红尘岁月Ⅲ》结束的那一年。在这样的时间结构外，"红尘坊"故事还有一个隐含的空间结构，弄堂口（每个故事前）有一块年度大事记的黑板报，居民就在弄堂口的黑板报下讲故事。这些故事每篇都独立成章，但其间又有着种种内在的联系，故事中的人物和叙述者也有间接或直接的关系。有意思的是，这些年的故事，一个年代的一旦放到了另一个年代的旁边，就仿佛产生了张力，像是在互相注释、对话、批判。

我们讲故事，一般都有所谓的意义，但在中国，意义恰恰是由故事后面特定的政治历史背景所决定的。问题还在于，政治运动接二连三，这背景处在不断变化中，意义也因此始终在建构与解构中。不仅仅故事，甚至故事中的人，讲故事的人也同样如此。自然，小说家不是历史学家，在一般情况下，作家只能去写历史书所涉及不到的日常生活，不过，人们的日常生活，在历史书里也许只是无足轻重的一条脚注，却可以影响、决定一个个体生命的悲剧或喜剧。文学注重的是人，这也正是文学不同于历史的地方。现在，在我们的书架上还缺乏一本真正可信、可读的现代史课本时，这样一种小说/历史的尝试，我想还是会有些意义的。至少在美国不少大学里，《红尘岁月》都已经作为历史课的补充读物在使用了。

3. 一个现实问题，国内的一些采访中都提到过，说您的书迎合了国外猎奇口味，是写给外国人看的侦探小说。您也多次回应过这个问题。我想了解这是一种作家的"主动选择"还是跨文化的"被动选择"。在所谓的"东方主义"、强势文化，以及作家个人选择的问题，您坚守了什么，又放弃了什么？

答：我在海外写中国的日常生活经历，或许像普鲁斯特一样，很大一部分是对过去岁月的一种追忆，而正是在这种种细节的回想中，自己希望有时能发掘到一些新的、以前所没有想到的意义；从这一点说，我并没有去考虑所谓迎合不迎合国外猎奇口味。

维特根斯坦说过："我语言的界限意味着我世界的界限。"这对一个作者来说更是如此。当然，从存在主义的角度说，任何选择说到底还是作者自己所做的选择。这里并不存在所谓的"写给外国人看"的问题。而用英文写，当然要考虑到西方读者或非中文读者能否理解作品的文化社会背景。譬如说"文化大革命"，对我们这一代的中国读者来说，有许多细节实在是太熟悉了，不用作任何解释，但对西方读者来说就很可能不一样了。

作为一个作者，肯定要考虑到自己读者的阅读接受能力。而更有讽刺意义的是，对于"文化大革命"以及有关的历史，一些中国年轻读者知道得相当少，甚至比我的美国学生知道得还少，所以我们也没有必要把中国读者或外国读者的界限划得这么清楚、绝对。

换一个角度，一定要说得冠冕堂皇一些，在一个全球化的时代里，作者创作时的隐含读者（implied reader）也不妨是全球性的。至于东方主义，在写中国的作品里，我所理解的东方主义是把中国人写成留辫子、裹小脚、愚昧落后，描绘成西方人的"异己"或对立面，因而来迎合欧洲中心主义的口味。我想我作品中的人物无论如何都算不上这一类。我小说的主人公说英文，与英美作家讨论现代主义的诗歌和后现代主义的理论，把他们都唬得一愣一愣的。当然有些读者或批评者坚持要在他们的眼睛中看到东方主义，那我也没办法。譬如有人说陈探长喜欢诗歌，在办案的过程中引上几行诗，也是迎合国外猎奇口味，主要是写给外国人看的。但是，我们的温家宝总理不也喜欢引用诗歌吗？

4.您在创作侦探小说时更看重"案件的社会背景"，但社会背景构成阅读吸引力的前提是"陌生化"。中国读者对您看重的社会背景不仅不陌生，反而天天就浸润在这种"熟悉"中，您在创作中有什么独特的思考更能刺激中国读者对于这种"熟悉"的社会背景的"阅读欲"？

答：这是一个很好的问题。人们说"见怪不怪，其怪自败"，但这在现实社会中是行不通的，尤其是种种腐败与道德滑坡现象。中国这几年"目睹之怪现状"越来越多，愈演愈烈，问题也多少在于不少人对这些怪现状熟视无睹，把这一切都想当然了，甚至刻意回避，不去触及。你提的"陌生化"和"熟悉"的问题确实需要我进一步思考，但对我来说，如果一个作家能让读者在阅读他的作品后，或许会用一种不同的视角来重新审视这一切，他就已经做了他所能做的工作了。至于你说的"阅读欲"，我自然也应该往这方面努力，不过我不会为了"陌生化"而"陌生化"，也不会故意去回避这种"熟悉"的社会背景。

5.国内读者已把您贴上"侦探小说家"的标签,但我知道您曾师从卞之琳先生,翻译过艾略特、叶芝的诗歌,还把中国古典诗歌翻译成英文,同时也进行诗歌创作。这些肯定对您的创作产生过影响。除了"陈超探长会吟诗"这样表层化的显现外,我想了解这些诗歌创作及翻译诗歌对您具体的创作产生了哪些影响,比如抒情与象征、比如节奏的控制,还是其他?

答:中国古典小说里,其实有很多诗歌。有时候一章开始时有一首,结尾时有一首,一个新的人物出现时也会有,更不要说在叙事高潮时了。小时候听苏州评弹,起初也惊讶演员好端端说着,怎么突然又是琵琶又是三弦地唱了起来,后来才慢慢意识到所谓抒情强度或节奏控制的问题。其实不管在哪一种叙事形式中,都会有这方面的考虑,如莎士比亚的戏剧中的诗体部分。在自己的创作中,我让"陈超探长吟诗",把诗歌引进小说,或许也可以说是有意识地把中国传统文学中的一个特色引进到英语写作中吧。至于读者要贴什么标签,我无法多说什么。当然你也可以说这里面有我对诗歌私心偏爱的因素。我确实还在写诗,今年还有一本新的诗集要出版。在这个年代,在哪里发表诗歌都有困难,如果能让更多的读者接触到诗,哪怕是在侦探小说里,也许多少还是值得一试的尝试。艾略特后来从事诗剧创作,也是基于同样的考虑。

6.类型小说的"结构"很容易模式化,我想请您结合具体作品谈谈您是怎样"结构"一部小说的。您对类型小说的结构有没有自己独特的感悟。您认为国内已出版的四部小说的结构相互之间有哪些不同。

答：类型小说的"结构"确实很容易模式化。就单纯的侦探小说而言，故事的区别往往就是案情的区别。从结构主义的角度讲，类型小说的共同"结构"要素总是要有的，总得一开始就要引出案子，还得有悬念，破案过程中一定少不了曲折，不过，重要的是要在这些要素之间加入自己独特的东西。我自己在国内已翻译出版了四部小说，就其结构之间的不同而言来说，我想或许是因为我自己的"社会学"倾向，写第一本时，没想到要写系列，甚至最初都没想到要写成侦探小说，节奏慢了一些，更多是在过去与现在的对照中展开，后面几本的节奏就相对快了一些。

7. 您很希望日后能够把"英文的不同感性引入中文"，这是对作家很有难度的一种语言挑战。严格讲，您目前还是用英语写作的作家，但在双语背景下，您在创作时对语言有哪些深入思考。我想请您从一个作家的角度谈谈在具体创作时，您个人对汉语、英语的深层次感受。

答：乔治·奥威尔在《英语和政治》一文中，有一个著名的观点，他认为作家一定不能使用陈词滥调化了的语言，因为这会让作者与读者都变得懒惰，不再在语言中思想。换一种后现代主义的说法，也可以说是语言在说人，而不是人在说语言。不过，要在一种语言的文本中始终保持有新鲜表达方式，不是一件容易的事，而正是在这个意义上，双语写作应该可以做些很有意义的尝试。

我常把中文中一些习惯甚至用滥了的表达方式，甚至句式，硬译"移植"到英文中去（这里一个前提是，"移植"的结果必须要能为非母语读者理解、接受），而有意思的是，一旦这样移植过来，就仿佛顿时有了新意。举例来说吧，"雨后春笋"在中文中可能是用得太多了的一句成语，但在英语语境中，笋却远不是那么常见的意象，甚至有异国情调，与"雨后"的关系在西方读者的阅读中也有陌生感，因此就有了新颖感。这样不同语言的感性引进，显然是双向的。早些年的英美意象派诗歌就曾努力把中国古典诗词的意象、句法、感性等引进英语诗歌写作；而在最近一段时间，中文网络语言中出现越来越多的"被"结构，也同样是一个现成例子。"被"显然是从英文引进的，但又加入了微妙的"中国特色"。英文中，"被"一般都得放在动词前，在中文里，则往往放在名词前。这也可以说语言的相互引进、演变吧。这很有意思，我想我会在这方面做更多的努力。

8.国内侦探小说读者群的趣味总是不断发生着变化，如一年前，岛田庄司的书大热，目前，东川笃哉的书又成为新的热点。这是一个挑战，读者总是在"抛弃"作家。而作家总是想多"留住"读者。您个人认为自己的小说能够"留住"读者的独特魅力有哪些？

答：关于国内侦探小说读者群的趣味，我与他们接触的机会不多，因此还真说不上来。我与我的美国出版社编辑也谈过这个问题。他说有些侦探作家的书在一个地方卖得好，换个地方就是不行，他也是百思不得其解。关于我自己侦探小说的"独特魅力"，我个人希望倒是在于故事后面更深一层的思考。不仅仅要探讨案件，还要探讨案件之所以产生的社会、文化、历史背景。这可能与我读比较文学的背景有关，理论书看得多了些，自然而然形成了。如果一个作家只是一味想去留住读者，恐怕会很累，也不一定写得好。当然，不同的作家自有不同的"留住"读者的独特魅力，都无可厚非，在可能的情况下，我想还是要尽量争取多吸收一些其他人的长处，融合到自己的写作中去。

9.中国公案小说的历史虽然可以追溯很远，但严格意义上，中国是没有侦探小说传统的。您作为一个侦探小说家，怎么理解这种现象。您又是怎样看待西方侦探小说传统的？另外，您怎么看待程小青的创作？

答：首先是一个体制的问题。在传统中国社会里，侦探（私人侦探或衙役）其实起不了什么作用。公案小说在西方常译成"Judge stories"，但这一译法对不熟悉中国国情的读者来说是欠妥的。包公并不是法官，施公也不是，甚至高罗佩笔下的狄公也不是，他们是高官，自然也得是清官，他们手中有很大的权力（包公还得有皇帝御赐的龙头铡，可以杀皇亲国戚），这样才能真正秉公办案。正是因为我们传统社会里谈不上有什么健全的、独立的法律制度，老百姓只能寄希望于个别的清官，能出于他们个人的道德良心来秉公执法，为他们申冤，为社会伸张正义。但细想起来让人不安的是，在中国集体潜意识中产生的"清官情结"，至今仍在我们今天的文艺作品里反映出来。

西方侦探小说则发源于一个不同的历史、文化、政治传统，在背景中有着独立于政治的法律体制。关于这一切，在这样一篇采访里自然很难用三言两语说清楚，但我可以给你举一个我自己遇到的例子。有一位法国的批评家曾对我说，在我的作品中，谁是凶手这个问题，往往在故事写到一半时，就已得到解决，尽管书并不缺乏悬念。他的问题让我想了很多，我觉得很可能是受到中国古典公案小说的影响。在公案小说里，悬念的重点不是在于谁是凶手，而是在于怎样才能惩罚凶手——因为这些凶手大都有着很大的权力，很高的地位，很多的关系，他们反过来甚至可以除掉"法官"。这样的例子在包公的故事中是人们熟知的，所以公案小说的悬念，换一个角度说，也可以说是在办案过程中的政治权力斗争。我写陈探长系列小说，起初还真没有往那个方面去想，我读西方推理小说远远多于中国公案小说，但后者的影响肯定是存在的，无论在个人还是集体潜意识的层面上。至于程小青的作品，我小时候看过，那还是在"文革"的岁月里，只能偷偷摸摸地看，自然也是爱不释手，但这几年没怎么再看，现在回想起来，觉得模仿西方侦探小说的成分可能多了些。

10. 这是我问过很多作家的一个问题，您有信仰吗？如果有，我想请您谈谈信仰和写作的关系？如果没有，我想知道为什么？是与成长环境有关吗？另外，您觉得一个作家有没有信仰会不会直接影响到他的写作？

答：我有信仰。对一个作家来说，或许可以套用马克思·韦伯在《新教伦理与资本主义精神》中的一个观点，即新教徒们相信，只有在这个世界中做出他们的业绩，才有希望将来得到拯救；对作家们来说其实也一样，只有写出好的、负责任的作品，才能够得到拯救。写作，尤其是一本本长篇小说的写作，是相当孤独、艰苦的事，正是因为有着这样的信仰，才能坚持下来。至少我自己是这样相信的，也是这样一路写下来的。